第九届（2018—2020）小小说金麻雀奖获奖作家自选集

{杨晓敏　尹全生　梁小萍　陈兰　主编}

古玉

陆涛声 ———— 著

中国出版集团
中译出版社

晚上又有酒宴	154
「长三分」	158
气门芯	160
「蛮深的」	164
房产证没有出示	166
怪味瓜子	173
「锯子」和「斧子」	176
「梅桩」紫砂壶	181
我的新衣	185
求	188
品	190
浴	193
风	198
理	200
实事求是	202
吸烟经	203

优惠价	207
红白棍一指	212
志愿书	215
盲人和他妻子	219
入关检疫	225
石雕店的功夫茶	228
我警惕的年轻人	232
亮光	235
得与失	238
送货人	241
知子	245
宽慰	248
雕刻友情	252
之光先生	255
钱老	258
圣旨安放案	262

目录
CONTENTS

古玉	001
古砚	006
古盘	011
挑脚	016
财运	021
银洋	026
怪厨	030
奇赌	035
补偿	039
犯倔	044
『叉鱼佬』	049
敲门声	053
角度	060
老友	065
满师	070
前途	075

旁观	080
红茶	084
事迹	089
母子	094
乡长	099
漂荡的月儿	104
悄然东流水	108
纯金戒指	112
这目光	120
位置	123
闪烁的路灯	126
日历记事栏	130
第九条红领巾	133
雾宴	138
在这里新生	144
三张汇款单	148

启蒙思想　洗涤心灵
——我与小小说　　　　　268

风格无须追求
——文学笔谈　　　　　　273

附：涛声依旧
——读陆涛声小小说三题　丁临一　282

古玉

一个秋天的晚饭后,老作家舒启正与老伴散步,来到一条街,看到一家古玩店,下意识摸了摸腰上系的古玉佩,随后取下请老板鉴定鉴定。

古玩店老板接过去,先双手合着捻摸,再拿出放大镜细细观察了一会儿,然后把玉佩托在手心里,以意外的口气说:"老先生,恭喜你,这是真货,是春秋时的,本埋在地下,该是宋代出土的。"老板还让他拍了照,叮嘱说:"这可要好好保管呀!"

其实舒老早知道它是古货……

早在十年前,他还在职时,比他小六岁的好友赵自安第一本随笔集出版,是他作的序。赵自安在把新书送给他时,从腰间皮带上解下这块古玉佩递给他:"你看看这东西怎样?"

玉佩是圆形的,有月饼大,近八毫米厚,颜色中褐色,有深浅差异,中间有个一厘米半直径的圆孔,一面刻有粗犷的古代装饰图案，一面是光的。平时舒启正对玉并没有兴趣，接过来礼节性看了看。他早在与赵自安闲谈中得知，赵自安的父亲年轻时在上海一大资本家家里当过差，见识过主人收藏古玩，中华人民共和国成立初回本城开了家中档饭店。一些家道中落的食客把家中藏品拿来暗暗抵账，他父亲便陆续收下许多大小物件。

舒启正料想玉佩是赵自安的父亲留下的，不过说不出名堂，只说："是块古玉。"

赵自安问："你喜欢不？"

舒启正一生习惯淡泊，对古玩并没有浓厚兴趣；再说，为朋友作个序，岂能接受回报！他把玉佩放到对方手里，说："你家传的，这我可不要。"

"送给你。"赵自安再次把玉佩放到舒启正办公桌上。

舒启正知道，赵自安是个十分谨慎的人，万事需经反复琢磨才会做出决定，送这玉佩实是来表示谢意的，可见赵自安对他写的序很满意，这令他也感到很安慰。面对赵自安的真诚，又觉得却之不恭，便任赵自安把玉佩留下。

之后，他也像赵自安那样，常把玉佩系在皮带上，时间一久，便习惯了把那玉佩当成自己的东西。

如今古玉佩被行家这样肯定，使它在舒启正心里加重了分量。他觉得挂在腰上委屈了它，就用一个精致的手镯盒装上锁在了柜子里。

转眼又过了五年，舒启正年过七十，成了"舒老"。一次，他参加市佛教文化研究会活动，遇上了一个三十年前他辅导过的业余作者倪臻，倪臻告诉他，这些年一直从事古玉、古瓷器研究。时过不久，倪臻又来看望他，他便从柜子里取出玉佩让倪臻再鉴定一次。

倪臻取出随身带着的放大镜，拿着玉佩走到窗前最亮处看了一会儿，也说："是春秋时的，可值钱呢！"

舒老好奇，便问："值多少钱？"

倪臻想了想，说："二十万。"

大出舒老意料。他将信将疑："值这么多？"

倪臻随口又问："老师是否有意出手？如果出手，就让给我。"

舒老觉得这玉得慎重对待，便说："这是朋友送的，哪能卖钱。"

倪臻作了估价，古玉佩不再是玉，而是金钱，成了一块压在舒老心头的重石：再留着，岂不是占有朋友之财！于是，他决定将其归还给赵自安。

可是，赵自安已退休四五年，去上海靠着儿子生活，头三年每逢节日回故地还常来看看他，也总留下吃顿饭。可这两年却不知怎的没了信息，拨手机已经是空号。他找了好几个人才打听到，赵自安手机已换成上海的号，这才联系上，便约赵自安再回故地时来他家小聚一次。他想，还玉时该有人在场做个见证，便打算请另一位老同事老金到时作陪。

在等待赵自安期间，一天黄昏，看到央视《鉴宝》节目展示出一块秦代古玉佩，样子、颜色与他这块非常相似，专家鉴定后估价竟高达千万元，他震惊得目瞪口呆：本言"谦谦君子，温其如玉"，现在"君子"竟成天价商品！他更加急切地盼着赵自安早日来，于是又打电话催问。

赵自安和老金终于都来了。

舒老便取出玉佩递给了赵自安，以谐趣的口吻说："代你保管了十五年，现在完璧归赵，保管的责任就交给你了。"

赵自安愣了愣，没有说话，收下了玉佩放进了手提包。

因为老金在场，舒老没有展开关于玉佩的话题，赵自安也没再提，两人留下吃过饭便告辞。舒老特意送他俩出小区，直到公交车站。等老金先上另一路公交离开后，舒老把古玉的两次鉴定过程和二十万出价，以及央视《鉴宝》中所见坦荡地全对赵自安说了。这一时刻，他被自己的真诚无私深深感动，自觉得有神圣感。回家路上感到一身轻松，也有灵魂洗涤一净的舒爽，还有人格升华的自豪。

过了些日子，有两个早年辅导过的作者来看他。他俩也都已从报纸记者岗位退休，与他最贴心，经常相约来陪他喝茶聊天。闲谈时，他把还玉佩的事告诉了他们。

两人都说了敬佩的话。随后年纪偏小的一个问："你还给他，他推了没有？"

舒老说没有。

年纪偏大的也问："他该说些感动话吧？"

赵自安没有说一句与玉佩有关的话。不过舒老没有回答。

偏小的为他抱不平："他对老师这种高尚的举动竟不当回事！"

偏大的也说："缺点礼貌。"

舒老的心弦被两人的话拨动，还玉时，他也曾觉得赵自安欠点礼貌，心里曾隐隐不适，这时这种不适又加重了。

隔了几天，舒老在电脑上偶尔打开久未查看的电子邮箱，发现一封赵自安早在还玉当夜发来的邮件《赠舒公》诗：

> 温润玲珑声清越，
> 有价良玉贵无瑕。
> 如水之交冰洁品，

系碧春秋续佳话。

舒老的心受到了猛一撞击,脸上一潮热,他终于明白,当时赵自安是因为老金在场不便多说,于是舒老不由得反思:古玉本就是赵自安的,何况是好友,怎还在意这些呢?赵自安推与不推,与我要归还的心愿又有什么关系呢?难道我在乎的是那点客套?

他觉得自己格局还是小了点,灵魂还有隐垢,心生惭愧。

古砚

年已古稀的舒启正书台上新添了一方古砚,用木盒装着,古砚是长方形,古朴的橙色,上沿有刘、关、张三顾茅庐的半身浅浮雕,凹处嵌有墨垢,看上去有些年代。舒老并不爱好收藏,对名砚、古砚没有深入研究。不过他能认出这块是澄泥砚,是中国四大名砚中唯一用土陶烧制的。

古　玉

这是姚斌送的。

姚斌是教育局副局长,爱好文学,写了一批生活随笔结集出版,请舒老作的序。舒老早就听说姚斌善于接受新的教育理念,善于思考、践行,早有几分欣赏,乐意接受。姚斌送他古砚是表示谢意。

早年舒老曾做专业美术工作,三十多岁改行从事文学创作和艺术评论,在全国有了些影响,业余还一直与书画做伴,书法也享誉一方,常有人求"墨宝"。早在二十多年前,当地有人出书就请他作序。那时他就听说,有些名家作序也有行情,得给到数的润笔。舒老从事文学创作时,也长期做业余创作辅导工作,接受作序任务后,仍有辅导的习惯,总要认真看书稿,分析提炼,肯定长处,指出进一步提高的建议,作序从不收润笔。也有人求他书法,他也没有要人酬谢的念头。不过请他作序或写字的人也总会送点什么小物件、食品、茶叶、酒之类的礼物,他每回都拒收,然而对方大都坚持留下。

姚斌送这方古砚是在请舒老吃饭时,说:"是别人送我的,我不写书法不画画,给您才能派上用场。"

舒老万事力求简朴,写字不讲究砚台档次,书台上用的是 20 世纪 70 年代末在文物商店买的歙砚,虽属名砚,但只是普通级别。姚斌送这澄泥砚价值如何,他无法判断,

推了几次推不掉，只好收下。吃饭时，舒老谈了些关于文学、书法的话题，姚斌边饮边听，似乎很佩服，激动地说："我还有一块古砚，也是别人送的，上面雕着龙，是乾隆年间的，在老家，下次我回去看老母也拿来送给你。"口气里显然比澄泥砚还珍贵。

舒老忙说："我哪用得了这么多砚台。千万不要。"

时隔不久，姚斌还是托人送来了。

这方砚台是不规则的圆形，灰黑色，沾满墨垢，其实上半周刻着的深浮雕并不是姚斌所说的龙，而是一只头似龙的麒麟，纯写实造型，形很准；底部有一方雕刻的印章："大清乾隆年制"，按颜色看，可能也是歙砚。舒老想，姚斌并不写毛笔字，人家送他只能是作为藏品的，可能是有事求他帮忙。舒老无意去较真其中是非，又一次表示拒收。

代送者却拒绝带走："我受姚局长之托，得忠他之事。求您别为难我。"

舒老无奈，任其留下。他专心写作，没有兴趣弄清它的价值，只是把它放到博古架上。

时隔半年，好友俞季年来访了。俞季年是雕刻大师，对古玩比舒老内行，看到博古架上的古砚，便搬到书台上仔细鉴赏，拿起小刀在砚台背面边沿刮了刮，说："是假的，而且不是一般的假，连普通天然石头都不是，而是石头碾成粉末拌胶用模子压成的，根本经不起墨磨。这麒麟也不是刀雕刻的，而是模具压出来的。"

舒老也用小刀刮刮看，果真是。不过他认为，姚斌并不知道这是假的，绝不会故意来欺骗他，而是受了别人的骗。他反而为姚斌不平："该把真相告诉姚斌。"

俞季年却说："他好意送你，既然你相信他不是有意弄假骗你，你一说穿，他脸往哪儿搁？"

舒老只好作罢。

过后，他还是感到有点委屈：不向姚斌说明，姚斌还认为我收了名贵的真古砚，岂不冤！承受还是洗清？这种纠结不时缠绕着他的心。

舒老早年辅导的许多学写作的学生中，有两个当记者的也已经退休，定期来看望他，陪他聊天。闲聊间，他提起假古砚的事。

一个学生说："说明真相，姚斌脸上确实难堪。"

另一个说："是的，他还会觉得亏了你，会想法用别的方式再补情，那就更复杂了。"

舒老只好再次打消说明的念头。假古砚的事从此沉入记忆底层。

又过了六年，舒老年近八十，月退休金过万，度晚年富足有余。人生到这一步，渐生彻悟，觉得财富确实是身外物，存有的古董、名人书画、雕刻艺术品大都是为人写字或给人作序人家送的，也许值些钱，可是还要钱做什么！也不应该留给儿孙靠变卖这些享受。

舒老决定逐一归还原主。

这回姚斌送的两方砚台一并归还，其中一方澄泥砚是真的，就不再有因是假的才归还的嫌疑，不会伤及对方面子，也不会再涉及补不补情。

姚斌也已经退休在家，住在市郊。

这天，舒老叫一个曾经的学生开车把两方砚台送到姚斌家。他本想就在门口递给姚斌后马上离开，姚斌偏要他坐坐喝口茶。他一坐下，率真本性便占了上风，觉得假砚台的事还是该告诉姚斌，免得姚斌再当珍宝送别人，便脱口说了。

姚斌一阵惊呆，一阵尴尬："那老兄也真是，怎么用假砚来糊弄我？"

舒老顿时又后悔，连忙帮补救说："我想，送你的人不会故意骗你，可能也受了卖砚台的人骗。"他的分析又深了一层，也是为帮姚斌缓解窘迫。

姚斌愣了愣，似有所悟，感激地说："真相在您老心里憋了这么多年，您背了这么久的包袱，真让我不安。幸好今天您终于告诉我，否则我真可能无心地去糊弄人。"

舒老心里轻松了，洒脱地说："是呀，说明你我都需要真相，不要包袱。"

坐车回家路上，舒老不由得回想，虽然有过几次想说明的冲动，但别人认为不宜也就作罢，根子还是自己受"常理"的束缚，包袱背了这么多年，其实还是自己不敢放下；求真，还缺了点破茧而出的勇气！

古盘

年过七十的舒启正忽然想起，许福元好久没有来了，便拨手机找他，却说是停机，再通过熟人打听，终于知道，他家连遭横祸，先是在化工厂做工的大儿子不慎跌入化工池身亡，祸不单行，不久他自己也中风瘫痪，住进康复医院。舒启正心里十分难受。

与许福元相识是在六年前。那时舒老年正七旬，受邀去加拿大举办了个人书法展，回来在本市美术馆举办了回报展。之后有好些书法爱好者登门造访，或是"请教"，或求"墨宝",许福元便是其中一个。

当时许福元已六十出头,家在离市区七十多里的乡村,喜欢书画,拿着几幅他写的行书和花卉画来求指点。他个子不高,言行举止礼貌谦恭,一副忠厚老实相,还信佛吃素;他原只念到初中二年级,几经转行,中年起为乡镇园林公司承包修缮的古建筑工程描画彩绘雕梁画栋,目前已经退休,有两千多元退休金,有自留地种蔬菜自给,在苏南农村勉强可以衣食无忧。

在舒启正眼里,许福元的行书属半入门,运笔有些滞涩,与性格有关,不过也透现出后天努力的积累,实际修养明显超越原有学历。舒启正对他印象良好,便以肯定为主,略提些技法上的建议,还送了他一幅自己写的行草和一本书作册页。

隔了几天,许福元又特地赶来,送来了一只画国画用的调色盘,紫砂的,直径二十五厘米,盘中拦隔成七个小池,都搪着一层白瓷,供存七种颜料;盘盖是一朵梅花的形状,盘结着有数朵梅花的折枝作为把子,盖朝里一面搪有白瓷,可供调色,盘底有"顾天佑制"的印。盘内还有一张红纸做了个标签,用毛笔写了"敬赠舒启正老师,许福元"。许福元说:"这是光绪时的,'文革'结束那年,我从江西一个朋友手里淘来的,放在我那儿受屈,配老师您用！"他送得郑重、虔诚、恭敬，显然，这古调色盘在他心里分量很重。

舒启正有受敬重的安慰，也被许福元的真诚感动。不过他素来只重实用，不在意收藏，早有青花瓷调色盘，便拒绝收下。

许福元执意要送，舒启正执意谢却，两人一番推来推去，许福元的脸竟由涨红到泛白，最后两眼湿了。舒启正不得不作让步，不过为表示谢意，回赠他一套四体书丛帖和一本书法作品集。他用不着紫砂古调色盘，只能搁置在柜里。

之后，许福元不仅经常带自己的书作来请教，他还有个念初中的孙儿也学书画，目前在参加考级，他便也带孙儿的书画来求舒启正指点。有时还为朋友求字，舒启正也总是有求必应。他每回来都带礼物：他们那一带是培植苗木的"花木之乡"，这回带株梅花树苗，下回带一盆月季……来来往往，关系也就亲近了。

一晃过了四年。一次，许福元带来一本打印的诗稿，说他从青年时起就爱写七言、五言诗，记录人生随遇的感受，积累了五百多首，想编印一本集子，要求舒启正看看，写个序。

舒启正抽时间看完，觉得许福元的诗通俗质朴，有生活趣味，也有因信佛而生的慈悲情怀。于是他对许福元更增好感。然而自己不写诗，觉得没把握写好这诗集的序，只能归还诗稿，深怀歉意说："你另找人写序吧，到正式排版印集子时，我给你题写个书名，再写个祝贺题字。"

舒启正依稀记得，在这以后，许福元似乎就没再来过。如今得知他连遭不幸，想去医院探望，更想为他做点什么，首先想到了那冷搁着的紫砂调色盘和他孙儿也学书画，觉得那古盘应该作为他的传家宝传给他子孙；还想到那本诗集是他一生的心灵历程，对他及孙儿都有不寻常的意义。只是即使不要书号只印两三百本，光印刷费起码也得花好几千元钱，他家经济原不宽裕，如今更不可能承担这笔开支。他一旦离世，那本诗稿便成他人生最大的未了之愿。舒启正决定也资助他印刷费用。

舒启正带着紫砂调色盘，买了水果和营养品，请人开车到三十里外的康复医院。他把古盘交给了许福元的老伴，又表示了愿资助印诗集并且帮助编印。许福元的老伴既感激，又觉得不好意思。许福元躺在病床上，已不能言语，头脑似还清楚，不仅认出了舒启正，还听懂了关于古盘和诗稿的事，激动得右手直挥动，嘴里发出呵呵的声音。他老伴说诗稿在家里，舒启正便嘱她找到后邮寄给他。

舒启正收到的诗稿仍是那份打印的，没有电子稿。他先请人打字，又亲自细细加工修改、校对、分类、编辑、排版，按早先的许诺，题了书名和写了祝词，整整花了十天时间，还亲自到市新闻出版局代申请了省出版局的准印号。为保证让许福元能亲眼见到书，他不断催促印刷厂。

诗集印了三百本。舒启正坐印刷厂送书的车子到了康复医院，拿出一本诗集翻着让躺着的许福元看。许福元感激得浑身颤抖，眼里流出泪水，随后右手僵着朝他老伴挥挥。他老伴懂他的肢体语意，拿签字笔给他，托着一本本子让他写。他抖着手艰难地写下两个歪歪扭扭的字："假"和"骗"，接着就狠敲自己的头。

许福元老伴解释说："您把紫砂盘还来之后，我二儿子拿去找行家鉴定了，制盘的顾天佑不是光绪时人，而是解放初的，也算不上大名家，那盘不算古董。福元知道真相后非常难过，原本认为是古董才送给您的，其实是欺骗了您。"

许福元喉头发出呵呵的声音表示认可。

其实舒启正从来没有在意过这是不是古物。然而这时他心头不由得一阵隐痛：已瘫痪在床不能言语，得知当年把假古盘误当真古董送人，坦诚说明了真相，还如此苛刻地自责，是多么纯净的灵魂！在舒启正眼里，那两个歪歪斜斜的字是两朵洁白晶莹的莲花，是从一颗真诚和纯粹的心里开出的,比真的古盘宝贵百倍。他不由得动情地恳求:"这张纸给我留作纪念好吗?"

许福元的老伴把纸从笔记本上小心地撕下,交给了他。

舒启正珍惜地折好,放进了左胸襟的内袋。

挑脚

20世纪30年代,上海等城市"洋货"涌向江南乡下,乡下农副产品也销往城市。柳林镇店家进货出货数量不断增加,于是有了载客、带货的挂帆班船定期开往常州,河边码头搬运活也就多了,便有了搬运工。

这一带称搬运工为"挑脚"。镇上的"挑脚"不断增多,有时活多人不够,有时活少就抢着干,常发生争执。

有个被人叫"老巴子"的,二十七八岁,个子瘦小,老被人欺得轮不上干活。这回东街外茧行里要挑蚕茧装船运往苏州,老巴子隔夜找茧行王老板讲好,搬运也算他一个。这天,他提早吃过早饭,头一个赶到。茧行原只要五个挑脚,现在却到了六个,多了个叫长根的大个子,事先并没有说好,硬要参加挑茧,要把老巴子挤掉。老巴子不买账,跟长根争吵起来。长根自恃身高力大,伸手把老巴子一推一搡,把他推搡得趔趔趄趄,要赶他走。老巴子宁输拳头不输嘴,骂个不停。长根就揍他,下手越来越重,老巴子鼻子、嘴里都流血了,对方还不停手。

这时正好有个叫荣福的经过,也是挑脚,在为永昌南货店挑货,正扛着扁担络绳,不由得停住脚看吵闹。他住得离老巴子家不远,知道老巴子家有个年近六十的瞎眼老娘和两个还没有台子高的孩子,全靠老巴子卖力气养活,生活着实艰难。荣福同情老巴子,为他不平。这时长根又揪住老巴子衣领,扬起拳头,要朝他面门砸去,在这千钧一发之际,荣福一个箭步冲上去,一把抓住长根握拳的那右腕:"欺侮弱小算什么好汉!放开他!"

长根先是一愣,随后冷冷地盯着他:"要你多管什么闲事!"

荣福松了手,轻蔑地一笑:"路不平,众人铲。"

长根放开老巴子,冷笑着说:"你想跟老子交交手?"挑明要较量的意思。

"不服就试试!"荣福立马应战。

茧行老板王家佬怕闹出大祸,忙劝阻:"都是为要活干,是小事,不必争了,今天我就多用一个人。"随后又说:"你们挑脚里最好有个头儿,每天歇工时把第二天要干的活排排,轮流分配,省得老是难为主家。"

挑脚们都赞成。

长根急切地问挑脚们:"你们说,这个领头的该让哪个当?"显然盼别人提他。

"我!"荣福不等别人开口,就硬声硬气接应。

"你?"长根大有横刀立马之势,"那先得比试比试!"

王老板又忙把两人隔开,想出一个主意:"你们都要靠力气赚钱过日子,万一哪个伤了,会连累家小受苦。不如用挑担比力气定高下。"

于是,歇工后便召齐众挑脚到徐记茶馆,定下比赛办法和规则,由几个商铺老板做中人,立了字据,当事人和证人都摁了指印。

这比赛的消息一下传开,第二天早饭后,小镇上的人纷纷涌到河边码头围观。

比的是挑小麦上船,小麦是用麻袋装好的,有五十斤和二十斤两种,挑时用麻绳络子络着,随挑者装。荣福和长根都找来了最粗壮最硬的扁担。

先是由长根挑,装了二百四十斤,从河岸上沿码头一步一步踏下十四级石阶,再走过跳板,踏上船头,把跳板压得微弯，船头也压得微低。他在船头上慢慢转了个身，回头又走过跳板，蹬十四级石阶挑到岸上，稳当地放下担子。

轮到荣福了，他不动声色，用绳络着装了三百斤。他弓下身把扁担搁上肩，两腿摆成坐马势，用劲一挺，身子站直挑了起来，正要迈步，嘎巴一声，扁担断成两截。显然，没有一根扁担可以挑得起三百斤。他也早就另备了一根茶缸粗细的毛竹扛棒。围观人中有好些人劝他，别意气过盛压伤身子。他一言不发，用扛棒挑起了担子。论个子，他没有长根高，可他的身板阔达达、厚墩墩，像是铁铸铜浇的，两条臂膀就像两条蜷曲的粗铁棍，两腿就如两根移动的石柱，那三百斤的担子犹如搁在一块厚厚的石碑上。他脚穿着布筋编织的"草鞋"，一步一步跨下码头石阶，踏上跳板，跳板随他移步下晃，踏上船站定后，故意耸耸肩，晃了晃担子，把船头压得连连点头，河面泛起一圈圈波纹。他稳笃笃转过身，再走过跳板，蹬着石阶回到岸上，不紧不慢把担子放下，直挺挺站定，两条粗臂交错在胸前望着长根，气都不喘。

镇上人原都知道荣福从小练甩石锁，力气大，但究竟大到怎样并没有数，这回一见，都惊讶不已，有人说，他是大力神下凡，李元霸再世。

长根脸发了红，掠过一丝尴尬的神色，迟疑了一会儿，突然上前托起荣福放下的担子，身子一倔，挑得站了起来，踉踉跄跄向码头石阶跨去。人们都大吃一惊。王老板发急说："你就别再挑啦，万一压坏身子，老婆、儿子就都得跟你受罪呀！"

　　长根还是不听，强着要下石阶。

　　从长根挪出两三步，荣福就掂量出他根本没能耐挑着下完十四级台阶。听王老板一说，心倒软了几分：不可怜长根，还得怜怜他的家小，便不声不响快步抢到长根前头，连冲下五六级石阶，等着长根担子下来。

　　长根摇晃着沿石阶往下跨着，荣福也一点一点往下退。长根跨到第五级石阶时，忽然一晃，担子一头拖撞到石阶，长根顿时失去平衡，要往下跌。眼看就要出大事，荣福跨上一步，双臂猛地抱住长根身子，右肩侧着往上一挺顶住扛棒，随后就接过担子挑回岸上。长根一下瘫软地坐到石阶上，面孔发白，气喘得呼呼响……

　　荣福当了挑脚班头。

　　过后，老巴子问荣福："你怎么还帮长根？"

　　荣福反问："你怎么不问我干吗要帮你？"

古玉

财运

许庆生十八岁那年，柳林镇这一带流行瘪罗痧（霍乱），他所在的许家村里就死掉三十多个人。他家最倒霉，死掉四个，只剩他一人。从请郎中买药到买棺材安葬，八亩三分水田全部卖光。他原跟父亲学会种瓜，却没有田地可种，有时有人家雇他帮种几亩香瓜，得些工钱；不种瓜时，帮粮行、木行、茧行挑运货物，干些杂活。虽有两间旧瓦房，但没有田产，他四十岁了还打着光棍。

柳林中街杂货店老板许长生是许庆生同族堂兄，在镇西北有块约一亩的老房基，满处破砖碎瓦。这房基荒了多年，日本人投降后第三年，他忽然想清理出来种瓜，便雇了堂弟许庆生。

许庆生用钉耙清理碎砖瓦时，意外刨到一个粗陶缸盆，里面装着两只大疙瘩，像元宝，表面黑乎乎的，不知是金是银还是铜，决定私下请中街银匠店的陆老板看看。

天黑后，许庆生用衣服裹着两只元宝悄悄走进银匠店。

银匠店陆老板问他哪儿来的，他说是自家屋后地基上掘到的。陆老板张着玻璃美孚灯，用板锉在一只元宝一翼锉下些碎屑，亮烁烁的，细看看，说是成色十足的好银子，两只一百两，值一百二十块大洋，能买十亩上好的水田。

值这么多钱！发财了，许庆生高兴得直颤抖，问陆老板要不要买。陆老板说要，当下先预付二十块银洋——相当于十担稻，说还有五十多担稻存在周记粮行，明天就去兑成大洋。

许庆生在回家路上心想：这么多钱，买六亩田，再讨个老婆，能为祖上传代。他心想着西街一个外号叫"小青菜"的女人，是中央军军官抛弃的小妾，异乡人，三十出头，长得好看，带着个十岁的女儿，生活没来源，靠街上有几个老板轮着暗里补贴。她倒是对他说过："你哪天能养活我们母女俩，我就跟你过正常的日子。"这时他忍不住走上小青菜的门，说他有钱买田了，能娶她了。她也高兴。

当天夜里，他做了个梦，鞭炮声、唢呐声、欢笑声，好热闹，是他娶老婆了，竟不是小青菜，而是个白花水嫩的大姑娘，穿着专门租用的大红凤冠霞帔，双手握一只金黄灿灿小元宝……他在梦里好开心。

早上醒来，眼前老闪着梦里新娘手捧的小金元宝——那是按当地拜堂成亲毕备，都是从银匠店借的，银皮做的空心的，表面镀着金。他觉得奇怪，怎会做这么个梦？对了，晚上陆老板锉碎屑，他也凑着灯看的，好像也有点黄，该不是祖宗托梦提示那两只元宝是金的？若真是，那财就发大啦！他越想越觉得这事有可能。他早饭都顾不上吃，急匆匆赶到中街银匠店，要陆老板把元宝剖开看个究竟。

可是太早，银匠店门还没开。许庆生只好先到东街小吃店吃早饭。经过天泰绸布店，想起这店老板刘大头早年也很穷，拆旧屋时拆到五根十两的金条，才开了这三开间门面大店，五十多岁还娶不满二十岁的大姑娘。如果两只元宝是金的，就有刘大头的双倍，还娶什么小青菜呀，该开更大的店，也娶梦里那样的漂亮黄花闺女。

他吃过早饭，回到银匠店，门已开，陆老板听说要凿开元宝，没好气："你竟有这种洋盘心思！真是笑掉人牙齿！"

许庆生哪会死心，坚持要凿。陆老板只好把一只元宝放上铁墩头，拿起大凿子和短柄大榔头拦腰凿。银元宝中段有近二寸厚，凿时震得发出"腾！腾！腾！"的响声，传得大半条街都听得见，引来不少围看的人，都很惊异，盯住许庆生问元宝的来历。许庆生咬定是自家屋后挖到的。

陆老板出了一身黄汗，元宝终于凿断。

许庆生拿过断元宝到亮处横看竖辨，是银白色，心瘪了，只好按隔夜说定的结账。陆老板又拿出十八块银洋，说，粮行里一时也拿不出这么多现钱，只有这点现钱，答应其余的在夜饭前凑足送来。

许庆生只好暂且收下。刚要出银匠店门，许长生突然赶来，拦住他问:"元宝是我家旱地上挖到的是不是?"

许庆生一惊，强着牙关说:"不，是我家屋后挖到的。"

"走，到你家屋后去看看。"

许庆生厌了，只好让步，咬咬牙说:"一人一半总好了吧?"

许长生问陆老板付了多少钱后，对庆生诉说:"你拿了三十八块银洋就算，其余全归我。"

许庆生岂会买账! 想到了理由:"你休想! 没有我挖，你一个铜板都得不到!"

许长生气势汹汹说:"好! 你不服，走着瞧!"说完便倔走了。

于是一连串官司开始。

两人都是许氏族人。先是族长做了公断:各人六十块。

许长生不服，随后找储保长，再评判:庆生伢得三十八块就该满足。

许庆生心不死，再到茶馆"吃讲茶"，请镇上有威望的储大先生当众公断：各人六十块。

许长生还不服，竟请葛乡长再断。在乡公所，葛乡长坐在正中，两边站着两个背长枪的乡丁，阵势吓人。判定许庆生得三十八块银洋已经足够，其余的款子，陆老板应全部付给许长生。还签了文书，定下铁案。

许庆生的三十八块银洋，拼官司一路打点，只剩下八块，买田娶亲的梦又破了。原给许长生留的瓜秧只能挑到东头街边摆好摊子卖。

他刚席地坐下，冤家对头许长生突然走来，竟跟他搭讪："这批秧原是为我留的吧？"

许庆生不愿搭理对方。

许长生并不动气："还是到我家那旱田上种吧！"

"你发了横财，还在乎那点旱田种瓜？"许庆生挖苦说。

许长生叹了口气说："不瞒你说，名义上我拿八十二块银洋，一次次折腾，其实只剩五十块。过后想想，我们堂兄弟俩何必争来争去，各人还能得六十块呢！"

许庆生没好气地说："你咋没早点这么想呢？"

"你呢？如果不争，至少三十八块一块也不会少。"

银洋

民国段祺瑞临时执政时，江南小城毗陵有个姓汤的人，开了一爿小小的南北杂货铺子。他有个交情很深的老朋友，姓宋，在离城七八里的乡下种十亩水田，还算富裕，每逢上城来买点什么，总要到他店里来坐坐聊聊天，他也总要备一些小菜与老宋一道小酌两盅。老宋自酿了米酒，逢年过节总要给汤老板送上五斤十斤；汤老板到外地添货捎回上好的高粱烧，也总要给老宋留三两瓶。老宋早年曾走南闯北到过大半个中国，很有些见识。汤老板遇到什么疑难事，总要找老宋商量。

汤老板开了十年南货店，年终结算，积攒了三百块银洋钱，想用这笔钱做市面大些的生意。但究竟做什么好，还拿不定主张。

新年正月初五，老宋来拜年，汤老板想与老宋私下商议，特地在房内四仙台上备下小菜准备对酌，喝酒时候，汤老板就向老朋友吐了心事，一激动，便从枕头下取出用布卷着的银洋让老朋友过眼。

老宋停杯凝神望着银洋愣了好一会儿,说:"当年'长毛造反'江南被烧了不少屋,如今砌房造屋的人家逐渐多起来,需要用木材的多了,你这后门外就是城河,可以放木排,不妨从江西山里进一批木头开一家木行。这生意大进大出,赚钱快,又没有风险。"

汤老板觉得是好主意,当即说,过几天就到江西山里去买。

老宋却又叫他莫慌,到江西去批货,路途遥远,这季节砍伐下的木头还都堆在山里,用人力往外运很麻烦,花费又大。不如等两三个月,雨季发水时,他们那边就会有大批木排顺山涧水流放出山,从河道撑运过来,沿河各城镇兜售,经过我们这里,到时只要多留心河道里过木排,就地收买,既方便,成本也低。

汤老板又佩服又感激,收起三百银元放到床上枕头下,陪着老宋一杯又一杯喝了个痛快,一瓶酒不够,去货橱里又拿了一瓶。

眼睛一眨,三个多月过去了,果真有一批江西木排经过毗陵城河。汤老板和木材商谈妥交易,便到枕头底下去取那三百银元。哪知晓,翻遍床上床下,一卷银元不翼而飞!十年积蓄一下丢失,怎么了得!

他一时急得浑身冷汗直冒。想来想去，这钱除了妻子，只有老宋一人知道。记得那天把银元摊在台上时，姓宋的一直盯着发愣。他又想起他把银元放在枕头下时，老宋也看见了。那天他出去添第二瓶酒时，姓宋的曾一个人留在房里的。汤老板想去报官，怎奈无据无凭。他便先叫木材商等两天，然后备了点酒菜，连夜赶到乡下，把姓宋的请来。三杯酒过后，他客客气气地说："哎，宋兄，我枕头底下的三百块银元是你借去用的吧？"

老宋一脸愕然："银元？"

"嘿嘿，你当时……你当时可能跟我说了借的，都怪我酒喝多了，记不清了。"

老宋愣愣地望着他，一言不发，嘴唇一直微微抿动着，似在品酒。

汤老板又皱起眉头，苦苦哀求道："老兄啊，你知道，我苦了十年，才积下那么点钱。刚才找不到，急得我正想投河、上吊，想到是你老兄借的，才稍微放心。只是眼下与木材商谈好交易，正等这笔钱用……"

姓宋的紧皱眉头连喝了几口酒，突然笑着说："老弟别急，三百块钱……既然你有急用，我后天一早一定送来。"

果然，第三天，老宋送来了三百块银元。

汤老板买下几排木头，木行开张，生意兴隆，当年就赚了一大笔钱。自从有了三百银元的纠缠,他再也看不起老宋,老宋也不再露面。

汤记木行越开越兴旺。三年之后,他便着手扩大店面和改造住宅。拆除旧屋撬起地板时,突然发现地板下有个布卷,解开一看,三百银元一块不缺。原来房里的地板年久失修,床头下靠墙那块烂了一截,有了一大窟窿。显然是他当时放银元后,不知何时从床头落下掉了进去,滚到了另一块地板下。

汤老板醒悟到冤枉了好朋友,想想自己这几年生意发达,本是靠老宋指点,而且是用了老宋的本钱,万分愧疚,准备诚诚恳恳赔罪还钱。

他带上三百银元,匆匆来到老宋住的村上,大吃一惊:三年前,老宋为了凑足三百银元给他应急,除了倾一生积累,竟还卖掉了三间堂屋和十亩上好的水田,如今住着简陋的茅草屋,只种三亩薄田,生活十分清苦,人也苍老得多了。汤老板望着老朋友,悔恨不已,不由得落泪,双膝一屈跪下,捧上银元说:"老兄,我害苦了你。我真该死,这三百块钱你收下,我还要加倍还你,还要……"

老宋连忙和蔼地把他搀起:"老弟不必这样。三百五百块钱,与你我之间交情相比,又算得了啥?别再提它。我有三年不到你家喝酒了,走,上你家喝几杯。"

汤老板心里更加难受：是啊，真诚的情谊和信任哪是三百五百银洋能买得到的！

怪厨

江南有个姓孙的厨子，得了祖传绝技，专做鱼肴，用鲤鱼能烧出上桌时满身冒火焰的"火龙"，用草鱼能烧出像成串葡萄的"葡萄鱼"，用青鱼能做出像朵朵菊花的"菊花鱼"……至于南北各地风味烧法，没有一样不精通。他凭着这身本事，在长江边的小城毗陵开了一爿鱼菜馆，既当老板，又当厨师，烧三江五湖捉来的各种鲜鱼，迎南来北往上下三等客人。毗陵驿是苏南通往苏北的重要渡口，在曹雪芹的《红楼梦》中，贾宝玉与贾政最后一别便是在毗陵驿外。过路客多，尝了孙老板烧的鱼，都赞不绝口，说他烹制鱼肴堪称绝世无双。他一开心，就叫裁缝缝制了一面长条旗幡，绣上"绝世鱼肴"四个大字，天天高挂在菜馆门口。从此，他的名声便不再仅限于毗陵小城，而是扩

古 玉

散到了大江南北。

一天清早，孙老板开店门挂"绝世鱼肴"旗幡时，有个衣衫褴褛的老叫花子来到他面前，说自己无家可归，求他收留在店里当个帮工。孙老板店里已雇了五个伙计，生意越来越兴隆，再添个把人手也不嫌多。可这老头儿蓬头垢面，瘦骨嶙峋，能做什么？孙老板想回绝，却又觉得他可怜，就行点善积点德吧！管他能做多少，即使养着他也没啥了不得，每天客官吃剩的饭菜供他吃就足够了。孙老板当即叫个伙计找来一套干净的旧衣裳，让老叫花子洗澡剃头。

老头儿在店里过了一段安定日子，精神渐渐好起来。孙老板叫他专门烧火，他烧得认真、专心，锅里要什么火候，他就烧到什么程度，一点不出差错。他平时难得说上一句两句话，只是声音很低，也从来不提自己的身世姓名。

那绣有"绝世鱼肴"的旗幡每天早升晚降，本来是孙老板亲自动手，但店里事越来越忙，他见老叫花子做事笃实，就想把这事交给老头儿。不料，老头儿不但不接受，还劝他不要再挂那旗。孙老板很不开心，问他为啥。老头儿没有直接回答，只讲了个故事：

十年前，清光绪年间，扬州有个名厨，也是专做鱼肴，"火龙""菊花鱼""葡萄鱼"烧得都极为出色，最拿手的绝技是烧"神仙鱼",人家吃了都想象不出是怎么烧出来的,竟有传说他的手有仙气。他的名气越传越大,传到慈禧太后耳朵里。老佛爷也馋"神仙鱼"吃,金口一开,就把他召进皇宫当了御厨。他在宫里,终年不能与家人团聚,这事还小,没满两年,无意中得罪了一个管事的太监,惹下横祸,蒙冤落个想毒害老佛爷的罪名,便从宫中御膳房消失了。后来,有人说他被杀了头,也有人传说太后身边有个好心的太监偷偷放他逃出了皇宫。他到底生死如何,没人说得清楚,但连累全家老小遭了杀身之祸是确实的。

这故事,孙老板年少时也曾听父亲讲过,没想到这老头儿也知道。他父亲说那厨子是被杀了头的,"神仙鱼"的烧法从此失传,要不他也不敢挂出"绝世鱼肴"的旗幡。他听出了老头儿讲这故事的意思,想听从,时又放不下面子。他既不责怪,也不强求,依旧天天自己挂收旗幡。

一晃五年过去,老头儿已年近古稀。有一天,他主动提出,自己已风烛残年,故土虽然没有亲人,但还是想叶落归根。他拱手深深一拜,感谢老板收留之恩。孙老板见他去意已决,便不再挽留,有心接济他一把,对他说:"要多少盘缠,还要点什么,只管说。"老人却说:"盘缠不计较多少,但要求临走前能痛痛快快喝顿酒。"孙老板满口答应,说:"你要吃什么鱼?我亲自烧。"老头儿说他吃的鱼他自己烧，只要给他一条一斤重的鲜活鲈鱼。

孙老板依了他。第二天，老头儿打点好包袱，就动手在江上送来的一批鲜活的鲈鱼里挑了一条，然后进了厨房。孙老板正忙，没顾上他。

不一会儿，老头儿端了一碗酒和烧好的鱼，在店堂的角落里一张空桌子边坐下。那鲈鱼依旧是整条的，放在大菜盘子里，肚着盘底背朝天，头抬着，口微张，尾巴翘起，四鳍伸开，像在江河里游的神态，身子颜色还像没有烧煮过的活鱼。老头儿喝口酒，却一直不动筷子夹鱼肉吃，只是把嘴凑到鱼嘴上吮一口，像凑着茶壶嘴饮茶。他喝着、吮着，在旁边桌上吃饭饮酒的客人看了，都当老头儿是个痴子，神经有毛病。

老头儿喝尽一碗酒，就拎起身边的包袱，也不向谁告别，自顾自出门向江边走去。那条鲈鱼完完整整地伏在盘子里，还在散发出一股淡淡的香味。好奇的客官们都围着桌子大惊小怪地议论起来，引来了老板，也引来了伙计。一个伙计说鱼肯定不是生的，他看见老头儿放到锅里去烧的。这个伙计想尝尝，用筷子轻轻一夹，鱼身竟破了，原来只留有一层薄薄的皮和一副骨头，鱼肉已一丝都不剩。在场的所有人都惊呆了。

孙老板猛地想起，父亲在世时说到的"神仙鱼"好像就是这样。难怪那老头儿会讲出还有"逃出皇宫"的说法，他自己分明就是那死里逃生的厨师。孙老板原以为"神仙鱼"烧法已经失传，想学没门儿；这时恨自己粗心大意，名师就在身边，这么多年都没能发现。孙老板二话没说，冲出店门朝老头儿走的方向追去。

孙老板来到江边，不见老人，找人一打听，说是坐小船过江去了。他失望极了，悔恨不已。再细想想，老人既然不辞而别，这么多年没露身份，本就不打算将绝技传给别人。即使追着他人，也未必能学到绝活，便断了念头。

孙老板回到家，伙计交给他一张字条，是在老头儿吃过的鱼盘子下发现的，用毛笔写了两句话："虚名终是虚，绝招易绝己。"孙老板心里微微一震，望望挂在门口的"绝世鱼肴"旗幡，心一悸，背一凉，随即把旗幡降下，从此不再悬挂。

古 玉

奇赌

民国初年,江南毗陵城里有个姓李的富商开了三家当铺。他爱热闹,常约朋友来家喝酒谈天说地,还喜欢开玩笑,趁酒兴打赌,赢得过人家十亩水田。

这年腊月,雪下得特别大,天特别冷,天井里水缸中的大半缸水竟冻得把缸胀破了。李老板身穿狐皮袍,躲在屋不出门都觉得冷,只能手捧铜手炉,脚踏铜脚炉,却又觉得无聊,见下的雪开始变小,便差伙计去请锦货店王老板、米行周老板、银楼朱老板三位酒友来小聚。

四人喝着、聊着,兴致正浓,管家进来禀告说,大门外有个叫花子,上身只裹着一件空壳破棉袄,下身穿着破单裤,脚上一双单鞋破得裸露着脚趾,要求施舍一双旧棉鞋和一条旧棉裤。

天冷到这种程度,叫花子身上穿那点衣裳能熬得住?李老板有点惊奇,忍不住放下酒杯到门口去看看。

那叫花子三十多岁,真的是破棉袄裹在身上,腰里用草绳扎紧着,两手相拢在袖管里,一只破陶钵和一根打狗棒夹在腋下,身子蜷缩着,不停地跺着脚。李老板问他冷不冷,他说还好。再问他天这么冷在哪儿过夜,他说在对面巷子里的茅厕里。又问他盖多厚的被子,他说没有被子,只有三个稻草把子。李老板说:"吹牛,我才不信。"叫花子说:"不信就打个赌。"

李老板本来好打赌,这时酒已喝到五分醉,听叫花子一说,好似被突然注射了鸡血,兴奋得大声喊好,说:"我给你一捆稻草、一条被子,今天晚上你真能在那个茅厕睡一夜吗?"

"不用被子,只要一捆稻草就行。"叫花子说,"如果我这样过了一夜,你能给我什么?"

"我就输给你一爿当铺,让你也当大老板。"李老板一冲动,发起大兴。

叫花子说:"你老板别跟我开这种玩笑取笑我!我赢了只要一身棉衣、棉裤、棉鞋和一条棉被,让我吃顿热烫烫的饱饭。"

李老板稍一咯噔,旁边看热闹的米行周老板插嘴说:"李老板从不开这种玩笑,说话绝对算数。"锦货店王老板也紧跟上说就是。李老板没了退路,心一横,也说:"是的,我从来说一不二,你愿意赌,就写个赌约,请这三位老板做证人。不过得有言在先,你若冻死,也与我无干。"

叫花子将信将疑，说那是当然。

当时便立下字据，双方及证人都按了手印。

黄昏，李老板让叫花子吃饱喝足，叫花子便抱着一捆稻草去茅厕。这茅厕左、右两面借两边人家的墙，顶盖茅草，后靠和门是芦菲用竹子夹成的，外边风多大，里边也有多大，外边有多冷，里边也有多冷。叫花子把一捆稻草一分为三，一份铺到茅厕里一侧地上，一份当枕头，一份散开如被子盖在身上。四位老板看他睡下，便各自回家了。

夜里又下了一场大雪。

第二天一早，四个老板按照隔夜约定一齐来到茅厕边。

茅厕的茅草盖顶和芦菲门都被积雪压塌了。

李老板说："肯定死了。"

话音刚落，被积雪压塌的茅草顶和芦菲忽地被掀开，叫花子猛地坐起，揉着眼睛说："你们来得这么早呀！"

叫花子姓吴，赢了一爿当铺，由地狱升入天堂，也成了毗陵小城里数得着的老板，与李、王、周、朱四老板并起并坐，也住高厅大屋，也娶太太、纳小妾，穿绫罗绸缎，吃山珍海味，夏天有人给打扇，冬天穿裘皮、捧手炉、踏脚炉……

眨眼三年过去，又到寒冬腊月，又是大雪纷飞、滴水成冰。吴老板闷得慌，便邀请李、王、周、朱四位老板来家喝酒闲聊。酒过三巡,米行周老板旧话重提,对吴老板说:"三年前,李老板和你打赌,你赢了一爿当铺,如今你俩敢不敢再赌一次?"

吴老板心想:若再挨一夜冻,能再赢一爿当铺,多容易呀,便应道:"好啊!"

周老板又问李老板。李老板原本输了一爿当铺后悔不已,此时萎蔫地摇了摇头。

周老板问:"你不想赢回那一爿当铺?"

李老板说不想。

周老板忽然端起一盅酒一仰脖一饮而尽,把空酒盅往台上重重一放,带着几分醉态大声嚷道:"吴老板,你再到那茅厕睡一晚,我的米行就归你,赌不?"

吴老板欣然答应,忽有一瞬迟疑:"还穿当年那种破棉袄、单裤,盖稻草吗?"

周老板豪爽地说:"不用,你就穿这身皮袍子吧!"

于是又一份赌约签成,这回李老板也和王、朱两位老板一起成了证人。

李老板虽没有参赌,却寻思:他上次穿破棉袄、单裤都没冻死,这回穿皮袍、棉裤还戴皮帽,哪会冻死!他暗暗为周老板担心。

第二天一早,李老板和王、朱两位跟着周老板,踏着雪冒着刺骨寒风来到茅厕前，茅厕里根本没有吴老板人影，四人随即赶到吴老板府上。原来吴老板因为夜里冻得实在受不了，逃回了家，正在发高烧。

周老板赢了一爿当铺，吴老板又变成穷光蛋。

周老板邀李、王、朱三位喝酒，笑着对李老板说："其实我断定他这回一定会输，才劝你赌的；你不敢了，就让我拣了便宜。哈哈！"

"周老板怎么就能断定他会输呢？"李老板想不明白。

周老板没正面回答，沉重地叹道："这也是对你我的警示啊……"

补偿

他是中学退休语文教师，他家搬进这小区时，是全新的六层单元公寓，如今才过去十年，就要拆迁了。他在这儿住得安稳了、习惯了，又得另搬到过渡房，再装修安置房，再搬迁，够折腾人的，想想都害怕，却又不得不服从大局。

更令人心烦的是补偿款。据说，小区拆迁补偿款是市政府下拨总额，由拆迁公司包干，拆迁公司给住户补偿标准越低，赚得就越多，给他们小区定的标准是每平方米六千。他家住房面积八十二平方米，补偿四十九万两千，购买安置房每平方米却要七千，同样面积，便要自己多掏八万多，这笔钱岂不等于被人抢了？另外搬新居还得加装修费，得多开支近二十万……原想既然拆迁，就趁换房扩大到一百多平方米，又得多花三十几万。他是工薪族，苍蝇头里就那点脑髓，得负很重的债。不仅是他，全小区住户都觉得明显吃亏，都要求补偿标准提高到与安置房同样标准，都犟着不在拆迁协议上签字。

拆迁公司不仅不松口，还挨家挨户上门催着签拆迁协议，三天两头，不分晨昏，先是软缠，再硬逼，威胁说要停电停水，后来竟把建筑垃圾堆到单元门口堵住不让人们进出，晚上还有人用砖块砸破窗玻璃掷进屋……

两边蛇吃黄鳝——硬挺，拖了好一段时间，拆迁公司终于对个别住户小让步，答应每平方米增加二百元，个别住户经受不住折磨，多得到了一点，便签了协议搬迁了。有一两户签了字，便有了骨牌效应，像被黄鼠狼拖鸡一样，一户接着一户签字搬走。整个小区八幢楼，最后剩下三户"钉子"，补偿不达到安置房同等标准，坚决抗争到底。他家是其中之一。

他住四楼,五楼人家已经搬空,有一天夜里,突然水漫金山,透过楼板渗下来,把他家衣被都沾湿了。这无疑是拆迁公司捣的鬼。

他忍无可忍,决定写人民来信给市里领导,揭发拆迁公司的恶劣行为,要求合理补偿。信写好后,老伴提醒他,让另外两户也签个名,这样力量大些。他觉得有理,就拿信去找他们。

另外两户,一户姓李,是退休工人,回他说写也不会有用,反而会惹麻烦;一户姓高,是退休的副科级公务员,说市领导根本不可能看到信。两户都不肯签名,都说还是挺到新工程建设正式开工,拆迁公司被逼得没法,只有三户,"出血"不多了,自然会让步。

他被泼了冷水,也没了劲,回家后就把信搁在一边。

隔了一天,又不甘心,还是想找个关系把信传到市里哪个领导手里,想起有个老同学,其女婿好像在市政府哪个部门工作,不知能不能帮上忙。他决定去探探路,便买了水果上了老同学家门。

老同学说:"我女婿倒是半年前调到刘市长身边当秘书了。你把信留下,我问问他能不能递给市长看看。不过先声明,不能保证有用。"

他眼一亮，心一喜，说："哪要你保证！能帮我出把力就好。"

他回家后，虽怀有希望，心却还悬着：秘书适不适合给市长递这种信？即使递了，市长会不会看？即使看了，会不会管这种小事？都难知道。

一个多星期后的一个上午，拆迁公司副经理丁保根又上门来，那张原本凶神恶煞的脸竟变得和蔼可亲，带来了新的协议，补偿竟提高到了他坚持的标准。

他胜利了，嘿，这显然是老同学的女婿把他写的信转给市长的效果！

他爽快地在拆迁协议上签了字，很快领到了补偿款，准备搬往过渡房了。

他想起还有李、高两家，不知怎样了，如果因为他的信，他们的事也同时解决了，倒也是好事；万一只解决他一家，那两家没解决，会有点尴尬，于是出门买菜便怕遇见那两家人。

一天，他在路上偶然遇到拆迁公司的丁副经理，忍不住打听李、高两家怎样。丁副经理说，都与他同日签的，补偿标准都一样，随后又叮嘱说："不过你们嘴巴都要闭紧，别漏风，不然那些先搬的大批住户知道了，闹起事来，拆迁公司有麻烦，你们三家也不安宁。"

他口里应着"是是",心里却在想:那两家分明是因为他写信才得益了,当时都不肯在信上签名,现在坐享其成了!真是……他不由得心里生几分怨气。

他没走多远,看到李家正在搬家,又忍不住走过去,悄悄对李老头儿说,是他写信通过市长秘书交给市长才解决了这事的。

李老头儿相信他说的,说:"等搬好家,上门来谢你。"

能认账,他就满足了,并不指望也不在乎李老头儿上门来谢。

他又忍不住走上高家门,也说了是他写信的作用。

干部出身的老高似笑非笑地说:"市长哪会管这种小事!只可能是因为新工程急着要开工,拆迁公司急着要完成任务,是推车撞壁了。"

他讨了个没趣,心里久久不是滋味。

他想,老高不认他的情,他可不能不认老同学的情。回到家就打电话给老同学,表示非常感激,还说过些日子上门去道谢。

老同学在电话里先一瞬沉默,说:"女婿还没有给我回话呢,等他来了问问清楚。不过,不管是不是信的作用,事情解决了就好。"

当晚,他躺在床上好长时间睡不着,心想:我写信给市长，不就是为求个补偿合理公平吗？现在看来，究竟是不是信的作用还不一定，即使是，李高两家补偿都提高，也是应该得到的合理公平，我干吗要为李老头儿说谢谢而开心，干吗又要为老高不认情就不悦呢？……

他觉得自己有点可笑。

犯倔

冯老师原是教师进修学校的高级讲师，也是杂文家，年已古稀，依旧写作。他脾气有点倔，这回遇上了一点麻烦，又发倔劲。

是为一件小事：主卧室门锁故障，内把手掉下来了。老伴很急，催着他去找工匠来修，因为前年他家失窃过一次，正是他主卧室柜里被偷走三千元现金、四件金首饰和一只翡翠玉镯，好在后来公安部门破了案，大部分追回了。从此无论老伴还是他自己，都谨慎小心了许多，每天晚上不光是大门的锁上保险，卧室门锁也必把保险拧上，才能安心睡觉。这次他赶紧去找工匠修理。

小区附近没有专门修锁的店，在离他家约一公里处找到一家五金店，兼卖锁。他问能不能修锁，店主说能，跟着来家里一看，却说坏得该报废了，得买新的，他店里有，买锁还负责换装。其实锁才换了两年，不算旧，他真想另找个专业修锁的来看看，可是老伴怕耽误而来不及当天修好，说还是干脆换新的吧！他也只好再跟着店主去店里选锁。店主推荐了一款好的，一百八十元。价位有点超过他的心理承受能力，也只好心一横买了。

店主来给换装了。

没想到，新锁第二天就发生了故障——钥匙转不动。这让冯老师心里直犯毛，只好赶到店里去叫秃顶店主来修。

店主却说今天有事忙，明天上午去。

这一夜，卧室门不能锁，只能勉强关上，他和老伴都睡得不踏实。

第二天从上午一直盼到傍晚，店主都没有来。傍晚，冯老师再去找店主，店主又说今天太晚了，明天上午一定去。

又得一夜房门不能锁，晚上又只能像昨夜一样随手把卧室门推上，心又悬了一宵。

没想到，第二天早上起身，那锁竟锁死，房门怎么也打不开，他与老伴无法出卧室，急得团团转。幸好有手机，给儿子打了电话，儿子找了个做钳工的朋友赶来。可是，大门防盗锁上了保险，即使有钥匙也不能打开。好在住的是一楼，钳工从卧室窗户爬进了卧室，却因钥匙插在房门外的锁孔里挂着，还必须到卧室外才能开，可是又出不去。门上有个气窗，因受层高限制，镶了块固定玻璃，不能开与关，钳工不得不把玻璃拆下，"气窗"口子高不到三十厘米，爬过去真是艰难啊……

钳工查出了故障的原因，是店主把锁芯装反了，问题总算找到了。原来店主连装新锁都是外行，说明修锁更一窍不通。请来救急的若不是儿子的朋友，而是请工匠，会愿意从"气窗"硬挤爬过去吗？即使肯，又该付出多少费用？如果他住的是三层以上，那麻烦就大了。

钳工又查看了原先换下的锁，说其实并没有坏，只是有颗小螺丝滑牙。冯老师被店主欺骗买新的，多花了一百八十元，连赶了三四趟来回十来公里路，还被锁在房里，多冤啊！便请钳工把新锁拆下，重找个小螺丝把旧锁装上。他怨愤得胸口直发胀，一口气咽不下，决定去找区消费者协会维权。

早饭后，他要赶到区消协，乘公交得八站路，得转两回车。老伴劝阻他说："锁已经弄好，就算了吧，赶那么远的路，还得费口舌，这么大年纪了，不赚烦心不赚累吗？

去找店主把新锁退了就算了。"

冯老师说:"走了这么多趟路,儿子请了人家钳工还得对人家有交代,费这大劲,两夜提心吊胆,还遭受了这么多麻烦,可不能让店家这种欺骗行为合理化;再说,这种赖皮店主未必肯收回新锁并退还钱。"虽然他正在赶编一本将要送出版社的杂文集书稿,时间宝贵着呢,可是他不管,一咬牙,还是坚持去了。

区消协接待他的是姓周的副秘书长,女的,四十多岁,随即给秃顶店主打电话,叫其过来协商处理。

店主来了。冯老师提出,一是退回新锁,退还一百八十元;二是给他造成麻烦和精神负担,还有交通费,还浪费了他写作时间,得象征性赔偿三十元;三是请了钳工来爬窗开锁、纠错,得赔工钱五十元。消协认为他的要求合理,动员店主履行。

店主却一条都不肯答应,还推说店里有急事便离开了。隔了一天,消协召集双方进行第二次调解,店主又借口有事没到场。冯老师问周秘书长怎么办?

周秘书长说:"我们只能调解,没权处罚,您可以打市长热线投诉,给店主加加压。"

冯老师就打了市长热线。

第二天上午十点多,他接到了周秘书长的电话,说市长热线又把这事交给消协办理。消协警告了店主,如果再不改正,就要把这次不诚信经营行为录入监管系统,到互联网上公示曝光,最后店主终于答应主动上门解决。

秃顶店主果然送来一百八十元锁钱加三十元赔偿和五十元钳工工钱。

可是,冯老师还不满意,认为店主还应该受到处罚,下午又要去消协。

老伴说:"人家改正了,干吗还要去找人家麻烦?"

他回老伴:"你不懂。"

老伴没好气地说:"又犯倔!"

冯老师赶到消协。周秘书长也跟他老伴观点一样,说:"老先生,您的要求都满足了,您的权益得到维护了,怎么还不完呀?"

冯老师说:"我个人的权益得到维护了,该谢谢市长热线、谢谢消协。不过,我请他修锁,他就跟着上我家,还说锁坏得不能修了,按理修锁之类要有公安部门备案,你们还得查查他是否有合法手续,如果没有,是否违法违规?要不要处罚?欺骗顾客又该不该惩戒?"

周秘书长两眼睁大发怔地看看他,那眼神也似在说:您老先生真有点倔。

冯老师接着又说:"维权不应只是为我个人权益不受侵

犯，更应为杜绝今后，我在为法规的权威、整个消费环境改善尽一份力，让别人少受损失、少遭麻烦。这也是为你们维权部门树立权威出力，不是吗？"

周秘书长终于敬佩地说："老先生您说得对，觉悟真高，谢谢您！我会按程序上报给我们分局的，也会督促分局对卖锁店进行检查，并且通报公安部门。"

冯老师离开消协回到家，对老伴说，过几天如果消协不给他反馈，他还要去。

老伴没好气地说："你这么发倔劲，赶东赶西，费了这么多时间和精力，编杂文书稿都耽误了，值吗？"

他反问她："那你说说，我写杂文又是为了什么呀？"

"叉鱼佬"

老海居住的这个园林小区原是市郊蔬菜基地，有一条自然河道，两岸建造小区时保留下来作为景观，有一里多长，河面可见大大小小的鱼儿。老海家住在底层。开发商为底层住户南边也开了门，每户都有个三十多平方米的小院子，围着白色护栏，有点洋味。一排底层住十二户，有三户原先这里的菜农拆迁户，都算是老海的邻居。有一户主是五十多岁的半老头儿，还留有一把长柄鱼叉，经常执叉沿河边栈道转着叉鱼。老海不知那人姓啥叫啥，跟老伴谈到时，就称"叉鱼佬"。叉鱼佬家与他家隔着三户。

老海是文化人，非常喜欢那条河道，也喜欢满河的游鱼，觉得在这钢筋水泥丛林中能有这样一处有田园气息的景色，十分珍贵，只是见到叉鱼佬在河边叉鱼，心里就不舒服。一天早上，老海去河边栈道散步，见到叉鱼佬叉到一条三斤重的黄鲇鱼，还欣喜地炫耀，便非常不满。

有一次有个朋友来访，老海得意地引他看了小区河道的景色。当时正是夏天，朋友见河面大大小小的鱼，密度非常高，有鲫鱼，有串鲦，有鳊鲅，都张着嘴到水面吸气，还有不少已经死了，肚皮朝上翻浮在水面。朋友说，是因为繁殖快、数量过多，鱼儿严重缺氧，缺少吃鱼的鱼，失去了平衡。

老海醍醐灌顶。他知道，江南河塘吃鱼的鱼有乌鱼、鳜鱼、黄鲇，想到叉鱼佬那次叉掉了那条大黄鲇，便推断叉鱼佬叉掉的肯定不止那一条，因为吃鱼的鱼都偏大，正是鱼叉的目标，河里鱼这种惨状跟叉鱼佬有关。老海公益心油然而生，想补救。第二天，他一早赶到菜场，在鱼摊上买了五条半斤重的乌鱼，叫物业人员一道到小河边投放，有些业主也来围观。正巧叉鱼佬也从菜场买菜回来，看到老海他们在把乌鱼放入河中。这时老海就故意大声说了鱼类生存平衡的道理，还说："请大家今后多留心，以防这样的鱼被人捉去吃。"以暗指敲打了一下叉鱼佬。

之后，便不再见叉鱼佬拿鱼叉叉鱼。

老海家西隔壁原来也是菜农，姓俞。叉鱼佬晚饭前后常来老俞家院子里闲逛，四处打量，不时评这说那，一副指导和教训的口气，仿佛是上级领导视察。老俞却不计较，可能因为原是同村老乡邻，无顾忌惯了，两人坐在院子里小凳上，互递香烟，边吸边闲谈。

有一次，老俞家把原来栽花草的院子四分之三改铺成花岗岩地面，叉鱼佬来看热闹，竟走进老海家院子指手画脚，以教育人的口气说："你家这院子这些花草容易生虫子，也该像他家那样铺成花岗岩场地！"

这让老海非常反感。老海本来眼见越来越多土地被水泥石子覆盖，绿色面积不断减少，很心疼又很无奈。别处他管不了，自家院子里有泥地就生长植物，就有生机，得坚持保住。他认为叉鱼佬愚钝而又自以为是，不想与其对话，只生硬地回了一句"我家不铺"，便转身回屋。

之后老海每见叉鱼佬来老俞家院子，总尽量避开，即使叉鱼佬跟他搭话，他也不理。

第二年初春，老海家乡亲戚让便车带来一棵铁杆海棠、一棵紫薇，都有一人多高、手电筒粗，根部带有一团泥土，用草包裹着有篮球大，得栽。老海已七十多岁，喜欢在院子里拨弄花木，备有锄头、铁锹，选好位置，取铁锹动手挖起坑来。天连晴了多日，泥土干硬，挖得好费劲，挖了几下便开始额上冒汗手发酸。就这时，身后突然伸来一只有力的手握他手里铁锹，同时响起一个略带沙哑的声音："我来帮你挖。"回头一看，竟是叉鱼佬！

老海有点尴尬，尽管原本看轻叉鱼佬，这时毕竟人家是好心帮忙，不便生硬对待，不自在地说："不用，我能挖。"叉鱼佬硬夺过了铁锹。他力气大，一锹便挖出一大块泥，三五下便挖出一个又深又大的坑，不一会儿，两棵花木就全部栽好。

这个情不能不认。叉鱼佬给树浇水时，老海的老伴进屋拿出一包中华香烟交给老海。等叉鱼佬干完，老海把香烟递给他，老伴也跟着说谢谢。叉鱼佬却挥着手说，这哪用得着谢，不要不要。老海再次将香烟塞给他，他怔了怔，接过香烟拆开抽出一支，又把剩下的还到老海手里，说："你们这么大年纪了，以后有什么力气活，招呼一声。"

叉鱼佬点燃香烟叼着走了。西隔壁老俞对老海说:"这老兄只是嘴巴没分寸,其实倒是直心直肠。"

老海心里一动,顿时竟觉得叉鱼佬有点可爱了,心想:叉鱼佬叉黄鲇、叫他家院子铺花岗岩是不对,那是因为他不懂,可是自己也并没有平等、坦诚地向人家劝说,而是一味认为那是素质低、无知,潜意识里还是自恃有知识有教养,实质上是自以为高人一等,倒是人家,心里想什么就说出来,直率坦诚……老海想到这儿,忍不住问老俞:"他姓什么?"

老俞说:"姓董。"

老伴私下对老海说:"以后可别再叫人家叉鱼佬,该叫老董了。"

敲门声

笃笃笃,有人敲门。

路正道忙放下笔,离开书桌去开门。有个陌生人,却是背朝他站在对面人家的门口，手里拎着大包小包。对面人家门已先打开，主人正跟来访者见面招呼。路正道听错敲门声，白开了门，有点尴尬，也有点丧气。

都是这种20世纪80年代初开始建造的公寓楼，每单元一层两户，都是门对门，相距仅两米多一点。两家门若都敞开着，都可以一眼看清对方家中情景。这大约使双方心理上都犯忌，于是都终日将门紧闭。或许因如此，城市居民被推进"同住一单元，见面不相识"的时代。于是敲门的频率急剧上升，声音在楼道里产生共鸣，特响，便常发生听错白开门的事。

路正道住在这四层公寓楼的顶层，对门住着一家姓唐的。路正道在一所高校任教，是系主任，上门来访的人并不多，大都是淡如水的"君子"。姓唐的在这中等城市的一个区法院当副院长，上门拜访的人多得多，还大都带着大包小包面带恭敬的微笑。路正道不用每天到学校坐班办公，白天常在家撰写讲义或论文。唐副院长公务繁忙，家属上班远，中午都不回家，儿女又已另立门户，白天家里没人，却不断有朝圣者好不容易打听到他家地址，便找来不断敲响他家的门。路正道伏案做学问，常要受到敲门声惊扰。他多次听错白开了门，便谨慎起来，怕被怀疑是故意窥探人家的隐私，每有敲门声，便总要轻手轻脚走到自家门后侧耳细听，等敲过两三遍，辨清是敲的自家门才打开。

笃笃笃，又是敲门声，连敲了好几遍。路正道这回听清是敲自家门，慢腾腾打开门。一个陌生人面对他站着，手里拎着沉甸甸的蛇皮袋，是敲对面门没人应，才来敲他路家的门问讯的。路正道向对方说明唐家白天家里没人。那人迟疑了片刻说："我是从乡下赶来的，得赶回去。这点东西能不能先放在你家，麻烦你晚上交给他家？"

路正道明知道这是敬佛的香火，很有点反感，再说接手转交有掌握人家秘密之嫌，他和唐家都不免尴尬，真想拒绝，然而看看这面前的乡下人一脸汗水一副疲惫的样子，心便有点软："好吧，你写个条子留下。"

晚上唐副院长回家后，路正道转交了东西。他回到家，老伴问他："你刚才称呼对门那位什么呀？"

他莫名其妙："唐院长，怎么啦？"

"他不是副院长吗？"

他好笑："你这扳的是啥岔，人家都习惯这么叫。谁还把'副'字加在称呼里？"

"他充其量是个正科级，你是教授，论级别是厅级，他比你要差四五级呢！就算这是职称吧；你还有系主任职务，是个正儿八经的处级领导。他怎么就不肯称你路教授、路主任？"

"看你这心眼儿,老路就是老路,称呼有啥关系。"他嘴上这么说,但经老伴这么一挑明,心里竟也隐隐冒出一点不适。从此,他听到唐副院长叫他"老路"便有几分不顺耳,他叫"唐院长"也有几分不自然了。

到再有人拜托转交礼物,路正道依然得再尊称"唐院长",依然得接受"老路"的称呼。渐渐地,路正道也自然而然感觉到,略显壮实肥胖的唐副院长,说话的口气神态、行止的风度气势,确确实实像个领导干部,加上有不断上门来访者烘云托月,浑身甚至满门光彩袭人。路正道的不满和不服气被那威风和气势逼得埋到了心底,不得不承认现实。

大概唐副院长也懂得"邻舍好,赛金宝"的道理,有时也给路家送两斤牛肉,或者两条活鲫鱼,或者斤把虾子,说是"亲戚送来的,两家分着尝尝"。路正道并不高兴也不感激,因为是"唐院长"给"老路"的,在他看来,带着炫耀或者恩赐的成分,却又没勇气拒绝。每逢这种来往,他就躲在书房里不出面,让妻子去应付。

农历春节来临,一过腊月二十,每天从早到晚,唐家的门不知要被敲响多少次。唐家也似乎早有准备,家里日夜有人"值班"了。送年礼的连续不断,有点像蚂蚁搬家搬往唐家,真正称得上门庭若市。也有人来给路家送年礼,但为数远不能和唐家相比，于是就显得门庭冷落。这时节便是一次两家社会地位的集中对比，比出路正道的卑微。唐家那每天高频率的敲门声不时强烈地刺激着路正道的心灵，搅得他终日心神不宁。他忍不住时，就拿出发表了自己论文的报纸、杂志，一本一本、一张一张翻看着，有时盯着那铅印的"路正道"三个字发愣。

笃笃笃，有人敲门，还高声喊着"路教授"。路正道打开门。来访者年近四十，穿戴很有气派，一手拎着两篓水果，一手拎半透明塑料方便袋，里面装着两盒西洋参片和两瓶长寿长乐补酒。这是路正道多年前的学生，如今在省城一家报社当总编辑，出差来这里，顺便看老师，带来了浓浓的尊师情谊。这给当老师的神经里注射了自豪和自尊的激素，路正道顿时感到这位学生带来的礼物比一批批送进唐家的大包小包要珍贵百倍千倍。他送学生出门时，正好对面唐家也送客出门，这时他忍不住故意大声对学生说："看着你从学校毕业的，这么一晃，倒当上处级干部，真有出息。其实来看看我就好了，还带这么贵重的礼物，多破费呀！"

不知是因为受路正道这番话的触动，还是因为开门次数实在多嫌烦，唐家大门白天不再关紧，只虚掩着。临近年关，楼道里送年礼人的脚步声更频繁，敲门声却少了。

时间老人总是在不断调整着一切。唐院长家门被敲响的次数渐渐减少。路正道本来有限的来访者反倒渐渐显得比唐家多了。有人敲路家的门,唐家也因为听错白开过几次。不久,唐家便安装上门铃。路正道觉得奇怪,老伴消息灵通,告诉他:"唐院长退休了。"

路家有敲门声,路正道不再顾忌,大大方方开门了,心头竟会有一点得到报复的舒意。

路正道也将近六十周岁了。在省城当报纸总编辑的那个学生真重情,竟与许多校友联系,要聚会给路老师隆隆重重办六十大寿。路正道感到了从未有过的安慰,兴奋得好几夜睡不着觉,一次次推测、想象着那天的热闹景象。嘿,到华诞那天,唐副院长看到我路正道有那么一番风光,会有什么感想呢?

就在路正道六十寿辰的前几天,唐家搬走了,是组织上照顾老同志,给调整了面积大、设施好的新住房。路正道不无遗憾。

生日那天,路家的门一次接一次被敲响,有许多学生先登门来拜望老师。路正道满耳是"路老师""路教授""路主任"的尊称,家里满目是学生带来的礼物。这些礼物都如珠宝,散发着奇异的光彩,使他家满室生辉。他一次又一次沉醉在尊师的真情中。

学生们组织安排,把庆贺的寿堂设在就近一家宾馆的餐厅里。他和老伴在学生们的簇拥下来到宾馆,厅里悬挂着一个两米高的巨大金色"寿"字,"寿"字下排满大小花篮,摆放着一束束鲜花。来为老师祝寿的学生有六十多个,大都已经在社会上各领了一番风骚。学生们一个又一个颂念了他的教导之恩,有五六只照相机不时对着他闪着镁光。他头回发现自己人生有这么灿烂的光华,激动得老泪纵横。

寿宴结束后,还有七八个学生簇拥着他和他老伴送到他家,陪他闲聊了好一会儿。他想到自己六十周岁已满,不由得感慨骤生:"我老啰,也将退休啰!"

学生们便纷纷宽慰他:

"您人老知识不会老,我们还要来向您请教呢!"

"您人退休,知识不会退休。您还能写文章传播知识,报刊上会不断出现您的名字,显示您的存在。"

"您还在我们身上延续着年轻嘛……"

是的,路正道感到自己活得很充实,很自豪,也感到还有一股在人生路上继续迈步的力量。

送走学生们,路正道不由得站在门口朝对面的门默默地望着,对面房子还未有人家搬入。他想起了唐副院长,油然产生怀恋之情,心想:幸好早几天搬走,要不,见到我家今天这情景,该是什么滋味啊;他老唐现在需要的不是刺激，而是真情的滋润！接着他又暗生几分惭愧：我当初竟会那么脆弱，对敲门声会那么敏感，心理会有那么莫名其妙的不平衡，何苦呢！人呀，心境要保持平静真不容易！

路正道决定，今后常抽空到搬了新居的唐家去串串门，去为唐家增添几次敲门声。

角度

年已七旬的老作家路正行在市图书馆给各大中小学捐赠一批图书后，又向读者签名赠送了三十本他新出版的长篇小说。他发觉，退休副市长邹学余与其他读者一样，捧着书规规矩矩地站着等他签名，心不由得一动。

他与邹学余头次接触，就发生了一段故事，那是三十多年前……

那时他还是县文化馆的创作员，刚评上副高职称，在当地却算名人，住在县级机关干部家属新村。一天中午，他独自到小吃店去吃面条,迎面遇上新上任的副县长邹学余。邹副县长老远就伸出手走过来,笑着握了他的手:"路老师,你好吗?"

他有点书生气,害怕半生不熟的人"你好吗"之类的问候,总觉得难回答。再说他历来不善于与领导接近,邹副县长毕竟是他上级的上级的上级,也没有直接接触过,有些窘迫,只嗯嗯应付,以为很快就会过去。

邹学余握住他的手却没松,又认真地端详他:"你这脸色……身体不算强健吧?"

路正行感觉到一种真诚,顿时觉得距离拉近了许多,但依旧觉得难应答,只能尴尬地笑笑。

邹学余接着又问:"生活上有什么困难吗?"

路正行心头不由得一暖,工作了二十多年,头回有领导主动问他有什么困难。他确有难处:妻子身子羸弱,在郊区的一家布厂工作,骑自行车上下班,单程需四十分钟,过于劳累,曾两次在途中突然眩晕,连人带车摔倒。他执笔伏案爬格子,中午有时吃妻子早上烧好捂在被窝里的饭菜,有时到街上小吃店吃碗阳春面,有时写得入迷忘记了就省一顿……生活没有规律,胃便出了毛病,常常隐隐作痛。这些困难确实需要解决,他一激动,随口提出要求照顾,把他妻子调到近处来,减轻她劳累,也能为他张罗午饭。

邹副县长想了想,说:"你先写个报告给我,我来做做工作。"

路正行知道,邹副县长原是重点高中的数学老师,教学成绩出色,事迹上过《光明日报》,之后从副校长、教育局副局长直至不久前升为副县长,分管文、教、卫、人事。眼前这邹副县长文雅的气质、诚恳的态度令他深信不是政客式的敷衍。他喜出望外。

也巧,县政府刚建好大会堂,离路正行家只二百多米,正需要管理人员。他写了报告送到邹学余办公室,要求把妻子调到大会堂。

之后他便怀着强烈的期望等待,常到邹学余办公室去询问进展。邹学余有时在,总是说再等等;还常不在,他跑空趟。

一个多月过去,他心急了:你是副县长,还分管人事,要调动一个职工,该是举手之劳,却既不上紧,又不回绝,难道因为我没请客送礼?……他对邹学余的信任开始动摇,有一次去,忍不住流露出不满情绪:"邹县长,我踏进你办公室,这已经是第九次啦!"

邹学余稍一怔,笑了笑,什么也没说。

之后,路正行不抱希望,不再去找他。

一天,文化局的秘书突然通知他去邹副县长办公室。

到了那里，除了邹副县长，还有李副县长、人事局局长、劳动局局长。见他进去，李副县长说"你们谈吧"，便和两位局长一同离去。办公桌上正放着他妻子的商调表，邹学余对他说："大会堂是事业编制，企业职工调进多了关口。不过总算已经解决了。"随后执笔将笔尖伸向商调表下面"审批意见"一栏，写上"落实知识分子政策"。说可以拿去人事局让他们发调令，还笑着说："这下再也不用你跑第十一趟啦！"

路正行感到羞愧，也尴尬地笑笑。

那是20世纪80年代中，舆论正宣传"要解决知识分子的后顾之忧"。政策规定，具有中级以上专业职称的，配偶户口在农村的可以转为城镇居民并且安排工作。路正行终于得到了政策的兑现，不好意思地笑了笑。

他正拿起表格要走，邹副县长又说："我也有事要拜托你：刚恢复的文联要筹建各协会，县委常委会决定由我分管这项工作。拟定的美协理事长人选是画家老杜，但是他却因为有怨气，不肯就任，听说您与他关系不错，托您帮着做做工作。"

路正行知道，老杜三年前受过前任副县长压制，怀有怨气；也曾与邹学余在同一所中学做过同事，还曾反对校长推荐邹学余列入县人大代表候选。如今邹学余当了县领导，不仅礼贤下士，还不计前嫌，这胸怀和气度让路正行心生敬意。

当天晚饭后，路正行便找画家老杜，经过两个多小时拉锯式谈话，老杜终于松口。他随即拉着老杜去邹学余家给回话。

邹副县长家也在同一新村。此时正是炎热的夏天，已经晚上十点，他却不在家，他夫人说，他放下饭碗就出去了，澡还没有洗呢！

正说着话，邹学余回来了，穿着圆领汗衫和短裤，带着一身汗味。他说，教育局干部宿舍楼住着一批单身汉，这么热的天，他去看看他们洗澡有没有困难。

路正行心受到了震动，终于明白，作为副县长，分管文教、卫生、人事等多条线，要处理的问题难以计数。回想妻子的调动，站在个人的角度来看，是头等大事，而在副县长所管工作的大局中，只是千百事中的一件。何况劳动局又是李副县长分管，那次四人相聚，该有多么复杂的协调过程。想到曾对邹学余误解，他感到愧疚、不安……

三十多年后的今天，他捐图书，邹学余还到场，分明是对他的支持，是一份纯真的情意。他胸中涌动着暖流，在邹学余拿的书上郑重地签了名。

古 玉

老友

省城的舒慕林打电话给路正行,说是要同着老伴到陵江来看他。

路正行与舒慕林是20世纪80年代初相识的。舒慕林原在江州市群众艺术馆任馆长,路正行只是陵江市晋湖县文化馆普通创作员,却都是省里一家杂志的重点作者,常在编辑部召开创作会时相聚。两人还都喜欢书法和丹青,意气相投,成了好友。后来舒慕林调到省里《百家论艺》杂志任主编,多次发表路正行关于书画、收藏的文章……

如今两人都退休了。老友要来叙旧,路正行非常高兴。

老舒在电话里还说,也要看看乔柏年。

乔柏年是画家,原本与老路同事,是通过老路与老舒认识的。

二十多年前,晋湖县举办本县籍在外地的书画名家作品展,由秦副县长挂帅,让乔柏年具体负责征集。展览结束,秦副县长要把作品全都留下,乔柏年却坚持要归还作者，因此得罪了秦副县长，被"发配"到一所边远的中学当教师。路正行为他抱不平，向老舒说起这事，还让老舒看了两张乔柏年画作的照片。老舒觉得乔柏年水平不逊省画院的画家，也怀义愤，亲自写了评论，配上那两幅画作照片在《百家论艺》发表，挺了乔柏年一把。

之后，老舒还邀请路正行和乔柏年去他原先工作过的江州市散心，帮乔柏年排遣郁闷，每天都陪乔柏年小饮。三人还合作画了一幅松竹梅，题上"岁寒三友"，寄寓三人友情经得起考验。

秦副县长退休后，乔柏年重新调回文化馆，后来又调到市书画院，还任了院长。

二十多年来，老舒每与老路见面、通信或通电话，总问到柏年兄。这次老路接到老舒电话之后，也打电话转告了乔柏年。

舒慕林夫妇到了。到宾馆安排好房间，老舒便拿出两本他的新著《慕林谈艺》，一本给老路，签着"文以载道"句；另一本给乔柏年，签了"艺贵品高"。老舒拿着书兴冲冲要去看乔柏年，想把柏年兄邀来晚上一起小饮，也想乘酒兴，三人再合作一幅画。

老路有点为难。这些年随着书画收藏发热，乔柏年人已变了，院长虽已卸职退休，但他现在专门画牛，凭着精湛笔墨技法，被上海一家艺术品公司签约包装宣传，成了"小李可染"，名声大扬，广受本地区官员和富商青睐，画价不断飙升，每平方尺已达万元，还绝不允许还价。老路把实情告诉了老舒，还举了个例子：乔柏年一个朋友介绍一个老板买一幅画，整张四尺宣八平方尺，画价八万元。那老板还价问七万行不，乔柏年说行啊，竟拿出裁纸刀来。老板吃惊地问这是做啥。乔柏年说，你要少付一万，画就裁掉八分之一。老板慌忙说我付八万……

老舒听了，将信将疑："会变到这种程度？传来之言也可能夸大。再说三人合作又不是向他要画，只是为老友聚会尽兴，画了留给他就是。"

老路不忍给老舒泼冷水，只好陪同来到乔家。

开门的是个年近四十的女子。六十好几的乔柏年妻子中风长住在康复医院，是这叫小芸的女子在陪着他。他并不上前相迎，站在画室的画台后，也不招呼坐下，似在保持高度警惕。墙上还贴着一张纸，凸显四个大字："恕不送画"。

老舒怔了怔，随后走进画室，带笑洒脱自然地招呼："柏年兄，你好吧？"

"我很好啊……"乔柏年生硬地应付说。

老舒把带来的新书递上。乔柏年朝书瞟了一眼，没接。

老舒只好把书放到画台上，依旧微笑着找话说："听说你都被称'小李可染'了，名气大啦！"

乔柏年自负地说："我才不用借李可染的招牌呢，他画的牛用墨太重，缺少浓淡层次变化……"

老舒不自然地笑笑说："多年不见，是想看看你。路兄安排了晚餐，本来想请你也去小聚的……"

老路忍不住，插上讥讽乔柏年说："看来，你不会舍得花画画卖钱的时间去喝酒了。"

乔柏年神情却放松了："我去。"他说还要带上小芸。

三人喝着酒，不一会儿乔柏年就有点亢奋，得意地大谈他这几年的风光。舒慕林也兴奋了，乘机试探说："一会儿喝完酒，去你家三人再合作画一幅画，怎样？"

乔柏年脸霎时变得正经起来："因为你从省城来，我硬挤出时间来陪你的。其实我正在准备到北京去办个人画展，真的很忙，难有时间合作。"

老舒尴尬了。老路忙对老舒说："我不上北京办个展，这两天就陪你四处转转，高兴时就咱俩合作一幅。"

气氛僵了，话说不下去，小聚草草结束。

老路陪老舒夫妇俩在本市几个风景名胜转了两天。第二天傍晚回到宾馆，乔柏年和小芸竟早在大厅候着，主动地迎上来。小芸先开口说："真抱歉，前天没答应三人合画,确实是因为忙,柏年回去后想想,心里也一直不安,合画就安排明天上午,行不?"乔柏年也接着说:"中午我做东,请你们喝五粮液。"

一百八十度大拐弯!老路大感意外。老舒很宽容,豪爽地说:"行!老朋友之间,哪用得着说抱歉。"

第二天上午,小芸早备好茶水和水果,一张四尺宣也在画台上铺好。老舒建议画一幅大写意江南春光,先由乔柏年以大块墨色写近坡、远山,再由老舒、老路补画农舍、小桥、渔舟、柳树、桃花、飞鸟。

乔柏年提笔蘸墨,似要落笔,却忽又停住,笑着问老舒:"你跟楚山关系很好吧?"

老舒稍一怔,说:"楚山在《百家论艺》当过编辑,我退休后,他就调到北京《中华美术》杂志去了,已任了主编。怎么啦?"

乔柏年拿起台边《慕林谈艺》说:"小芸在你书里看到一篇你和楚山关于国画审美的对话。他原来是你的下级!"

老路敏感了:"你想找他?"

"我去北京办个展,想请他出席剪彩,还想在他们刊物登个人作品专辑……"

老路明白了,乔柏年停住不下笔,是要见了"兔子"才撒鹰。他反感极了,打断乔柏年话头说:"我头发胀,不能画了，得回家休息。舒兄你怎么办？"

老舒也接茬说："那我们送你回家。"

老路和老舒夫妇出门后，都不由得长叹。

回到老路家，两人各写了一幅书法互赠作纪念。

老舒写的是隶书："以道为友情方久"。

老路写的是行书："重义知己老更亲"。

满师

民国后期，江南毗陵城南门外有条"木匠街"，一里多长，两边开满木匠铺。木匠铺多，不光是因为砌房造屋人家增多，还因为城郊民间手工纺织业兴起，要制作纺纱织布的木绞机，活越来越多。

木匠铺既做木器卖或帮人来料加工，也外出包工建房造屋，每家都有个手艺好的师傅领班。一家朱记木铺店里，领班师傅姓罗，既能造屋立柱架梁，又善跨行做家具，是个多面手，手艺特别高超，为人也厚道，名气很大。有他，

古　玉

朱记铺子生意特别兴隆。

毗陵东城外白家桥村有个小伙子，叫白金生，拜罗师傅为师，聪明、勤快、好学，师父喜欢他，把本事都教给了他。他当三年学徒，样样都熟练了，到了满师的日期，按规矩得办谢师酒席。可是白金生家穷没钱，他父亲说，先向亲戚借一借，等他挣了工钱再归还。

他便找罗师傅约定办酒席的日子。

罗师傅却说："你家里也难，这谢师酒就先欠着，等你干了三五个月挣到钱了再办吧！"

可以不借债了，白金生好感动。

罗师傅接着又问他："你打算留在这铺子里当客师，还是自己出去闯闯？"

白金生早就了解行情，到外头独自接活干比在铺里当客师拿月工钱挣得多，有时接的活量大当领班招帮手干，挣得更多，便说："我想出去练练。"

罗师傅说："羽毛长齐了，出去飞飞也好。人家知道你是我徒弟，会相信你活不差。不过，请干活的主家有各种各样人，量气有大有小，供待有好有差，你即使心里有不满，活还是要精心干好，不能拆半点烂污，别给自己脸上抹黑断自己的路。"

白金生连称知道，也确实记在心里。

罗师傅随后问，是否已经接到活干。他说没有。罗师傅说手里接了一宗活，来不及干，是城郊有户姓周的人家要造三间新楼，既要竖柱架梁做门窗，还要做台、凳、床、橱、柜、箱，不小的工程，先让他去做。

白金生好开心，只是这工程一个人做不了，便在另一家生意清淡的木匠铺找了个名叫阿富的年轻木匠当帮手。

正是初夏时节，他和阿富到乡下周家干活了，主家是开土布作坊的，靠十几台木绞机雇人织布外销，发了点小财，就想造三间新楼，把原住的老屋腾出来添绞机扩大作坊。同时开工的还有两个瓦匠、两个同村要好邻居帮工。主家供待，头天早饭是菜肉馅糯米粉团子，中饭菜有三荤两素，还有白酒。

可是，第二天早上，米粉团子就没馅了，中午也只有一荤三素，酒也没了。他觉得奇怪。其实他并不好酒，只是觉得即使他不喝，主家也该拿上来亮亮，是对他们看重。

之后每天都如此，两瓦匠和两帮工却都没什么反应。白金生可觉得很不舒服，猜想也许因自己年轻初出师门让周老板看轻，不过只在心里想着，没有表露。阿富却忍不住，私下对他说："主家既然这么抠，我们活也可以马虎点，不必这么卖力。"

白金生虽然心里不快，但记得罗师傅的叮嘱，便强忍着，还说服阿富，用自己漂亮的活让主家心服口服。

到房子造好，瓦匠、帮工走后，他俩还留下打橱柜台凳，又干了半个月，午饭一直都是一荤三素，都没有酒。

这天活将全部结束，傍晚就要收工结工钱，阿富再也忍不住，私下对白金生说："听了你的，活干得这么好，主家还是这么抠，不把我们当回事，这口气真咽不下。"

白金生也觉得憋屈，说："咽不下也只能咽，没办法。"

阿富说："怎么没有办法，听我师父说，无论木匠还是瓦匠，都有治抠门主家的招。这家正在发财，有个儿子也快成人了。待会儿我们用小木块做三个骰子，悄悄在新楼正梁上挖个凹塘放进去，排成'幺''二''三'，会作祟让他儿子染上赌瘾，败他家业。"

这办法白金生也曾听过，一冲动，就依阿富说的，私下与阿富一起做了手脚，心里有了几分报复的痛快。

最后一顿晚饭，周家在老屋的堂前桌上摆了满台菜，有鱼有肉，有虾有鸡，有蛋有酒，比头天开工的中饭还丰盛许多。吃完，主家如数算了工钱，给白金生十块银洋，白金生按事先约定四六分，也当场给了阿富四块。随后主家又拿出四块，再给白金生和阿富各两块，说："听罗师傅说二位小师傅家里都很拮据，供待你们荤菜又总吃不了老剩下，我让你们吃素点，省下这点钱让你们带回去。"

原来是这样！两人都呆住。白金生望着多出的两块银元，尴尬了，后悔了，真不该听阿富话在梁上做那种促狭手脚。一时没有办法，尴尬而又慌乱，只好连声说谢谢。离开周家，一路上抱怨阿富。

白金生不光挣到办谢师酒的钱，还余五块银元给爹。可是良心不安，不敢去见师父，总想找个办法去把那梁上三颗骰子取掉，焦虑了两天，硬着头赶往周家，说是回家整理家什发觉有把凿子没了，可能在哪根梁上用时落在那儿了。周老板任他搬梯子上楼找，没跟着看。他终于顺利取下三颗木骰子藏进衣袋，对主家说凿子没找到，匆匆告别。

他心里的石头搬掉了，第二天一早就赶到木匠街去见师父。

罗师傅一见他，就随意地问："梁上那三颗骰子拿掉了？"

白金生一吓，魂飞魄散，低下头羞惭地说："徒弟错了。"

"其实那不过是恶念痴想，哪会真灵验。你这一关如果没过，我就不再认你是我徒弟。"师父认真地说，"好在你知愧能改，这事你该一生一世记牢。谢师酒你可以先办，不过你是不是真够格正式满师，还得看以后遇到真抠门的主家你怎么做。"

白金生想了想，真诚地说："徒弟知道了。"随后又怯怯地问:"师父您怎么知道的?"

师父说:"其实我经常在你们收工后去看看。"

原来这头笔活是师父设的考题,白金生完全明白了师父的苦心。

前途

老齐接到电话通知,来到县委统战部徐部长办公室。徐部长告诉他,组织上决定派他到市委党校去学习,为期一个月。

据老齐所知,中共党员干部职务提拔大都先去党校受培训。他是无党派人士,怎么也会去市党校培训呢?莫不是也要提拔?如果是,这可是他人生最大的一步跨越……他感到有点意外,也有点兴奋。

老齐在县文化馆从事演出文本创作,屡次获得省、市的荣誉,1987年文化系统首次评定职称,破格晋升为副高级,又当上县政协委员,人生有了点起色。

一次参加省里创作会，老齐遇上一位评论家，说他写的剧本大都是好人好事，没有反映改革开放中的思想冲突和观念撞击，太肤浅。他内心受到强烈震撼，之后便留意改革中农民的生存状态。他发现，有的农民曲解"发家致富"，弃农倒买倒卖，造起了盖琉璃瓦的新楼；有的扑在责任田上勤恳劳作，却还住着破旧屋……他便写成了大型戏剧《琉璃瓦》初稿，提示农村改革需要完善法纪规范，提倡勤劳致富。他觉得自己创作上有了突破，满怀信心，甚至觉得有向正高级职称努力的希望。

对于他的本子，县、市文化局分管领导看了却都认为，当前搞活是主流，农民经商不能写成歪门邪道，要他修改。他认为是独到发现，坚持不改，剧本最终没有被批准排演。他撞墙了，满眼明媚春光骤然变成一片阴暗，灰心的不仅为这个剧本，连以后怎么写也迷茫了，通往正高职称的路便被阻塞了。

老齐闲了，就留意到文化局里那些行政干部三天两头下乡镇，总受好酒好菜供待，回来还报销下乡伙食补贴，常常还有衣服、床上用品、香烟等小礼品带回。他心生羡慕，也备感失落。

过了一年多，老齐时来运转了：他有个大姐，解放前夕嫁给中央军中校，1949年去了台湾。改革开放后，大陆正积极改善两岸关系,当年去台湾的同胞纷纷回来探亲,大姐和大姐夫也回来看他了。他大姐夫曾升为少将,如今已经退役。县委统战部认为他是重要台胞,既安排宴请,还安排参观家乡建设,老齐也受邀作陪。本县在台湾有亲属的有上千户,县委对台统战工作要上新台阶,按照上级精神,便把台属组织起来,成立台属联谊会。老齐既是重要台属,又是县里文化名人,便被推为会长,有了一顶兼职小官帽。凡有台胞回乡探亲的,他必与官方台湾事务办公室协同接待,经常会贵宾、上酒宴。

第二年春天,县人大换届,老齐因台属界别,当了人大常委,开人大会坐上了主席台二排,又上了一个级别,经常参加对各局局长任免的审议,参加提拔副县长候选人名单的协商,还常下基层视察。江南正是经济腾飞时期,特别注重公关、礼仪,受视察单位必备酒宴招待,返城时每人都有一份礼品,或床上五件套,或高档衬衣,或羊毛衫,或两瓶名酒,或两条名烟……他享受到了从未有过的待遇,妻子、儿子、女儿也常分享。他感到已经优于局里下乡的行政干部,有了另一种前途,这可比写剧本轻松得多。

这回怎会派他去市党校学习呢?对了,是人大、政府、政协本都配有非党副职领导,莫不是又要升一级?这是个谜,不解开,心悬得高高的,想找个合适的人打听打听,便想到台办主任老陈。他与老陈经常协同接待台胞，关系很好。

他走进了老陈办公室。

老陈说："正好明年春天人大、政府、政协领导班子四年期满要换届，都要吐故纳新，派你去参加培训，该是有提拔的可能。"

提拔的可能性，在出徐部长办公室时如果说有百分之十，那么离陈主任办公室时，他便觉得有了百分之五十。如果提拔了，不论是三套班子中的哪种，都是县领导，人生就足够辉煌了，他庆幸自己人生道路改弦易辙改对了。

老齐很激动，把这预备喜讯告诉了妻子、儿女，全家预支了欢庆。

在市党校培训时，同县连他有三名非中共人士参加，明摆着正好是人大、政府、政协各配一个预备人选。古书里说连升三级，这升第三级的可能性已近百分之九十。写剧本，该永远拜拜了！

培训结束后，一次在机关大门口，他遇到了红木浅刻艺术家朱俊。朱俊的艺术成就在全国已有影响，家属户口还在农村，按政策规定可以办理"农转非"，但是现在却还被拖着，到主管部门催了多次，这是又一次来催问。老齐与朱俊本来就熟，拍拍朱俊臂膀说："你再等一等，我快要被提拔了，到时就可以帮你了。"

古　玉

新春，县级两会召开了，人大、政府、政协三套班子公布了新领导候选人名单；同在党校培训的三个人，一个任副县长，一个任政协副主席，独没有老齐，倒是有新任非党人大副主任，是没去党校培训的。老齐依旧是人大常委，依旧坐主席台第二排，既颓丧，又尴尬。

为什么没有提拔？这个谜一直在老齐心头纠缠，他渴望解开。大会结束后，硬着头皮再去台办主任老陈那儿打听打听。

陈主任却不在，他只好丧气地离开。刚出门，遇上了统战部的司机小曹。他常坐小曹的车，也很熟。他还没开口，小曹就主动拉他到没人处，说："这回你本来是要提拔的，没提，听说是你自己先说出去了，好些人都知道。组织上认为你态度不端正。好可惜。"

老齐脸上一阵潮热，说不出话来。

过后他想想，自己年近五十了，以后也难有提升机会，心瘪了，就这么混吧！

哪知道，三个月后的一天，文化局分管创作的副局长又找他，说省文化厅又要搞全省专业剧团创作剧目会演，希望他再写个新的剧本。他本为原先《琉璃瓦》被否定而心怀怨气，想回绝。再一想，既然提拔的门已经关上，这省会演不是打开了另一扇通向正高职称的门吗？即使再写正面歌颂的，也有参加省会演获奖的机会。他眼前又亮了。

旁观

年过七十的艺术评论家路正被邀赴宴了,是陵江市书画院院长叶长青作东。

叶长青才四十出头,长得很帅,攻山水画,善用新潮的泼墨泼彩机理技法,更长于交际,与省画院领导关系很铁,作品屡屡入展、获奖,升迁也快。这回是有个叫范金生的艺术品市场活动家从上海打来电话,说有位美国画家正在上海,想来陵江市看看。叶长青欣然答应宴请接待,还邀了几个圈内人作陪,路正是其中之一。

路正曾为当地三位不同门类的艺术家作品作过研究并撰写过评论,先后在海内外报刊发表,有一定影响,在当地艺术圈内可算德高望重。在他看来,叶长青这回乐意接待美国画家,是想攀上关系,拓展一条通道,把自己的画推向美国市场,或想去美国办画展涂层金。

酒宴设在灵霄山庄。开席时,上海却只来了年近七十的范金生和一个身份不明的中年女子,范金生说很遗憾,

古 玉

美国画家被上海市领导请去了。

叶长青被放了鸽子,有怨说不出,面子上只能礼节性招待范金生。范金生照样以贵宾自居自吹了一番,谈吐充满不靠谱儿的江湖气。叶长青忍不住接茬转移了话题,引向自我炫耀,说:"省里有名望的画家跟我关系都非常好,我们这儿不少人要买省里名家的画,都是我帮着觅来的……"

路正早就知道叶长青不仅与省画院关系密切,也跟市、县、乡镇好些领导和企业、事业单位的头儿来往热络;不光自己卖画方便,省里画家与基层没直接联系,卖画缺渠道,靠他帮销;经他宣传,当地老板们要买省里画家的画,他又变成帮了买家的忙,还可以从中得益,两头还都认他情,一赢三头。他现在又在这酒席上炫耀,像做变相广告。

路正一生求真,容不得旁门左道。只是平时叶长青面子上对他很恭敬,尊称他"路公"。此时他被场合、礼仪、关系堵住了嘴,如鲠在喉。

坐在路正旁边的是从事竹根雕的雕刻家,叫陶健民,在当地已相当有名,路老曾研究过他的作品并撰写评论在香港《美术家》发表。陶健民很敬重他,引转话题称颂他:"路公,您也说说艺术上的高见,让我们大家长点见识。"

路正正想开口,便说起了艺术品鉴赏与收藏的是是非非。

刚说了几句，有位三十七八岁的女子拿着酒杯从外面进来。路正认识她，就是这灵霄山庄的老总。过去书画院有接待餐聚，叶长青都安排在这山庄，路正也参加过几次，每次女老板都来敬酒。他得知她是离异的单身，资产有几千万，先是让念小学的儿子跟叶长青学画，后来她自己也成了叶长青的学生——其实他们超出了师生关系，在圈内已是公开的秘密。她来是敬酒尽礼节的，听到路正在谈书画鉴赏与收藏，便站着不动。

叶长青竟忍不住打断路正的话头，给大家介绍她："这位是山庄的董事长，来给大家敬酒了。她可不仅是老板啊，还是女画家、收藏家，省里所有名画家的作品她可都有……"

路正顿时又联想到这女老板收藏的省里名家画无疑都是叶长青帮买的。

女老板逐一敬酒后，陶健民又要路正接原话题继续讲。路正便说："现在书画收藏，定价格是以画家名气大小，而不是按画的质量。其实许多名家卖出的画是随意涂鸦的应酬品，既没有内涵可品读，也没有笔墨技法可玩赏，根本没有保值的可能……"他举了好些例子，好一会儿才讲完。

女老板没离开，竟添了一张椅子坐着静静地听。

叶长青却有些不自在。

古　玉

　　酒宴临结束时，陶健民对路正说："浙江有批印章石来古玩市场临时设店，我陪您去看看，您挑几方喜欢的，他们有一位篆刻家在现场，要刻什么章，可以当场刻好，我来结账。"路正为陶健民写评论，是陶健民的竹根雕确有独特的面貌，并不是为利益，便说不去。可是陶健民一再坚持邀他，真诚恳切，他只得迁就。

　　叶长青有一辆画院公配的丰田，家又正好紧挨古玩市场，路、陶两人就随叶长青的便车过去。

　　女老板竟然说也要去。

　　叶长青劝阻说："你这儿有一大摊事，就别去了吧！"

　　她却说没什么事，坚持开了她的奥迪车跟着。

　　陶健民陪路正看治印石料，女老板也跟着看，认真听路正对石料的评说。叶长青停好车，还随后赶来紧跟着。

　　陶健民一再催着挑石头，路正觉得却之不恭，挑了一方极普通的，说要自己刻，印料钱五十元，也就任陶健民付了钱。

　　该散了。叶长青关切地问："路公，您怎么回家呀？只是我的车停进车库了，要不倒可以送您。"

　　路正知道：对方心里不打算送，却又要做出礼貌热心，这是叶长青的风格。他爽快地回他说："叫辆的士，挺方便的。"

陶健民说:"的士我来叫。"

女老板竟走到路正面前说:"路老师,我送您。"

路正霎时产生多重疑虑,忙说:"绕路呢,不用你送。"

"不绕,是顺路。"女老板很恳切、很巴结。

叶长青神色紧张起来,连忙说:"都别,还是我去车库把车开出来。"

在路上,路正心想:女老板的一系列表现是不是因为受了我的话触动,对最亲的人帮买的画也不放心了,想找我帮她鉴定?……随后他又想:如果真请我鉴定,在这环境下的人际关系里,要实话实说也难啊!

红茶

陈亚明患了结肠癌,晚期,手术切除后,医生没有把握测定结果,出院后,他躺在床上,定期化疗,等待着上天的判决。

七年不联系的旧友柳文新来看望他了,还带着二儿子,

古　玉

用网线袋拎着两包营养品。他发现，其中竟有一罐祁门红茶，心不由得一震……

陈亚明与柳文新同年。柳文新刚从师范毕业初到镇上初中学校任教，陈亚明刚高中毕业当乡村民办初中老师，二人都爱好文学。三年困难时期的第二年，物质非常匮乏，人们常受饥饿威胁。陈亚明每回到柳文新家，文新的母亲却总想办法做一碗红汤阳春面，他吃面之后，柳文新也总给他泡一杯红茶。那时小镇上用茶叶泡茶的人极少，他第一次喝红茶，两眼盯着玻璃杯里晶莹的红色茶水，说好漂亮啊，从此喜欢上红茶，喜欢喝，更喜欢看那红色的茶水。之后柳文新不管在乡镇任教还是后来调进市里工作，两人一相聚，便是两杯红茶，边喝边谈论文学，或叙说各自境况，还会不时地下意识看看茶水。那既晶莹又沉着的红色，那浓浓的茶香，在他看来，是友情浸泡出来的。

两人交往已三十多年。柳文新文学上已有相当成绩，加入了中国作协，当了市作家协会主席。陈亚明也成了省作协会员、市作协理事。两人本如亲兄弟。然而一次发生不愉快，竟断了往来……

那是20世纪90年代，周围乡村一批又一批农民经商，不少发了小财。陈亚明虽然语文教学水平在当地受好评，却是从民办教师转正的，工资偏低，他妻子又在务农，显得穷酸，也想教学之外寻点赚钱门路，可是他唯有的资源是作家的头衔，能动笔写文章。当时江南企业家如雨后春笋，有些发了点财想出出名。他灵机一动，就想为他们写报告文学，得些报酬。他陆续联系到三四个企业家，可是写了文章得有刊物能发表。当时柳文新正好新创办了文学双月刊《沃野》，他觉得这是有利条件，便赶到市里找柳文新，提出每期安排发表一篇报告文学，企业家出费用，他得一半作为稿酬，另一半作为刊物收益。柳文新却很为难，说办刊本是为本市文学作者提供练笔的园地，那样做就违背了办刊的初衷，没有同意。这大出他意料，他碰了壁，心里难受的程度无法形容，连柳文新给他泡的红茶都不喝一口，负气倔着走了。

过后不久，陈亚明遇到市作协副主席老汪，闲谈中忍不住把对柳文新的不满吐了出来。老汪觉得自己文学成就最大，本该是市作协主席，对他说："明年作协要换届，柳文新也该让位了。如果我当了主席，你那报告文学的计划就不成问题了。"老汪还说打算起草一份意见书，列几条柳文新不宜再当主席的理由，分别找作协每位理事签名，再交给市委宣传部。老汪还特别提到他和柳文新合作的短篇小说《水蜜桃》，问他："那是你写的，让他也挂名的是吧？"他一时愣住。

那是再往前五年前的事，事实恰恰相反，当时柳文新主编一本本市作者的短篇小说集，他陈亚明没有小说稿，一时又难找题材写出新作。柳文新自己有了一篇，不忍集子中缺了好友的作品，还有个已酝酿过但还没来得及写的题材《水蜜桃》，那个时期也正提倡合作和集体创作，便先写了个两千字的梗概，让他展开描写，最后由柳文新修改定稿，作为合作，把他陈亚明的名署在了前面，其实是柳文新照顾他。老汪问他时，他虽对柳文新有怨气，但觉得不该昧良心冤枉柳文新。然而，倘若说明事实真相，又会出自己的丑，便含糊其词地说："这是我俩之间的事，与旁人无关。"

后来老汪执笔写了意见书，仍把这事作为柳文新人品有问题的例子写上，叫他签名。他想靠老汪发报告文学，只能硬着头皮签了……

到第二年作协换届，老汪果然当了作协主席，柳文新改任文联副主席兼作协名誉主席，然而依旧分管作协和杂志《沃野》。他陈亚明的希望依旧没有实现，过后冷静想想，对柳文新伤害太重，自觉得没脸再见柳文新……

他患病后静躺在床，痛悔与愧疚加倍强烈，觉得要背着这笔沉重的心债离开人世，良心不安。万万没想到，柳文新会赶来看望他。他浑身神经绷紧，心头五味杂陈，瞥见那网袋里的红茶，心更如被闪电一击……

柳文新坐到他床边抓住他手说："一直没有你的消息，昨天回小镇才听说你病了，来晚了，真愧疚。"

陈亚明心里涌起一股热流，压在心中几年的话终于冲出口："那年我真浑，竟会做出那种对不起你的事！"说着，泪水盈出眼眶。

柳文新却说："别这么说，那回我作协主席退下，其实不是那张意见书起的作用，与你并没关系；我是为了团结，自己提出来的，反倒让我任了文联副主席。其实那事早该从记忆里消除了。难忘的该是你我无数次喝红茶聊天的情景，还有你为我家这老二操了那么多心……"

十六年前，柳文新的二儿子初中三年级时跟着城里一些不良少年瞎混，成绩直线下降，柳文新万分忧心。陈亚明主动向柳文新提出，把孩子转到他所在的乡镇初中去借读，离开了那个不良环境，孩子的生活和学习都由他照顾、督促。经过一个多学期，孩子学业成绩终于好转，顺利升入高中。这时，柳文新把二儿子也拉到他面前，动情地说："你对我和对我这孩子都有恩啊！应当感激你。"

陈亚明两手紧紧抓住了柳文新的手，激动得说不出话来。

柳文新又自责说："这几年，你不找我，我也没主动找你，我的心胸也不宽广。"随后从网线袋里拿出那罐祁门红茶，请陈亚明的妻子用玻璃杯泡了两杯。杯子里的水渐渐变成红色。柳文新给他递了一杯，说："你才五十八岁，不要悲观，卸掉所有精神包袱，让心情愉快起来，定会有奇迹发生，我等着你依旧一起喝茶畅谈。"

陈亚明望着那明艳的红色茶水，泪流满面。

事迹

我采访的对象是我母亲，是早在五十年前。

那时我在县文化馆搞文字创作。人武部和县委宣传部为进行革命传统教育，组织创作人员整理采撷当地抗战历史故事，我也被指定参加。许多本县有名的事件、人物、事迹都早被别人写过了。其中有个突出的人物，以干娘身份秘密照料过受伤、生病的地下工作者，至今被干过"地下"的干部们称为"老寄娘"（老干娘）。我想起少年时听母亲说，抗日时期，她也救过一个游击队长，想来也是对抗日作过贡献的事迹，因为年久，具体情节已记不清楚，就想再详细采访母亲，也写成文章。

我特地赶回老家柳林公社找母亲重提到这事，母亲平淡地说："那有什么好写的！"

我说："不管怎样，您还是把过程再详细讲一遍。"

母亲依了我。

事情发生在1942年秋天。那时我才两岁半，有银匠手艺的父亲在柳林镇开了一家金银首饰店，单间门面，父亲既自己制作首饰出售，也为人来料加工或旧物出新，成天埋头在屋里后半间作台上干活，说是老板，实是工匠。那时日本兵占领江南已经四年多，柳林镇小，不是交通要道，没有日军驻扎，也没有和平军驻守，周边有镇子驻日军或和平军，只是隔段时间会来柳林突袭。父亲的作坊和柳林街上其他店家一样，大部分时间能正常做生意。

那年一个晚春的下午，父亲正在作台前凿刻银锁片上的图案花纹，母亲抱着半岁的弟弟站在简易的柜台里，我站在母亲旁边吹着母亲给我做的纸风车玩，忽然听到东街远处有两声枪响，接着有人惊恐地大声叫喊："尧塘部队来啦！"

尧塘部队是和平军特务大队，驻在十八里外的尧塘镇，残忍杀害过不少抗日和被怀疑抗日的人。这时街上所有人

古　玉

顿时惊恐慌乱，有的回到店堂，有的从东往西街奔跑。奔跑的人经过我家门口，突然有个穿长衫、戴礼帽的男子闯进我家店门，闪电般进了柜台，随手把礼帽摘下扔到柜台里边的角落里，急促紧张地低声对我母亲说："对不起，帮帮我，把孩子让我抱着。"边说边从我母亲手里抱过弟弟。母亲认识这个人，叫崔小龙，三十多岁，是在这一带活动的新四军游击小队队长，曾经几次来我家店里收过捐。母亲立即明白，尧塘部队这次来就是要抓捕他。她很快镇定下来，把我拉在身边。崔小龙抱着我弟弟轻轻地晃动轻轻地拍着，冒充店老板。随着一阵杂乱的脚步声，尧塘部队一干人气势汹汹过来了，一家一家店面查看，很快来到银匠店门口，领头的手握着又称"快慢机"的驳壳枪，停住朝店里一望，母亲一下认出他是尧塘部队大队副蒋敖根，是二十里外我母亲娘家相邻村上人，母亲小时候割喂羊的草常遇到他和他哥蒋敖书，算是乡邻，便朝他笑笑。

蒋敖根也认出我母亲，大概也是因为外乡遇近邻，也笑笑问："是你呀！这是你家的店？"

我母亲回答："是呀！几年不见了呀！"

"是呀！"蒋敖根朝崔小龙打量了一眼，问，"这是你家老板吧？"

崔小龙笑笑。母亲说："是呀！"

蒋敖根又朝正在里边制作首饰的我父亲望了望，把我父亲当成伙计了，说："还请了客师呀，看来生意还不错呢！"

"还好，勉强混混。"

"有没有看见一个穿长衫、戴礼帽的逃过去？"

"是有个戴礼帽的，经过这门前往西街外跑了。"

蒋敖根带着队伍往西追去。没抓到崔小龙，只好撤回了尧塘。

"你真是有运气啊！"母亲对崔小龙说。

崔小龙连声说谢谢，还说，他当时真急了，若往西逃出街口到旷野，根本没法儿藏身，目标非常突出，幸好有母亲掩护相救……

母亲讲完这段经历，我不由得问："崔小龙后来怎样了？"

母亲说："解放后当了区长。"

我又问："他有没有照顾过我们家？"因为解放后禁止私人经营金银，父亲失业，我家经济十分困难。

"当时困难救济金都是街上工商会帮我们申请，用不着找他。他比乡长还大，哪能直接管到我们家！"

"一直没去找过他？"

"找他做啥？要人家报答吗？"母亲说，"我从来没有这种念头。"

我觉得母亲觉悟很高，蛮有把握写好这篇文章。

文章写好，标题是《智救游击队长》，被采用了，印到了集子里。我带了一本回家向母亲汇报。母亲不识字，要我念给她听。

念完，她脸沉了下来："什么鸡子（"鸡蛋"的方言说法，谐音"机智"）鸭子！什么有公（功）呀母的！你把我吹牛吹得太离谱了！当时那么急，我啥也来不及想，不论张三李四遇这危险，我都会这么做，是不忍让一个活蹦乱跳的人让尧塘队抓去杀掉。再说，他如果不进门，我也救不了他。说实在的，遮掩办法，还是他自己脑子动得快想出来的，多半还是他自己救了自己。"

我辩解说："妈您不懂，写文章就得把素材加工一番，得典型化，提炼出教育意义。"

"你说的这些我确实听不懂，我只知道，你爸做一世银匠，绝对不把铜说成金子。"母亲说，"再说，你写这个尽往我额头上贴花；换个对咱们家有怨的人来写，说不定会往我身上泼脏水，会说成我跟蒋敖根是一伙的呢！"

我无法辩解了。

她顿了顿，又严肃地说："你的孩子们也上小学了，这文章可不能让他们看，别让他们也学你这样五虚六海。"

我额上冒出汗来。

母子

正逢日本宣布无条件投降，连续多天，苏南毗陵火车站前广场和附近的街巷散满解除武装的日本兵和日本女人、孩子，多是席地坐着，成了难民，萎蔫颓唐，等着轮批上火车遣返回日本。

朱梅芳和丈夫韦生福每天到火车站附近摆摊卖油条、包子、豆浆。这天下午，他们正在一条巷子里叫卖，突然下起雷阵雨，只能紧急收摊挑回家，走不多远，突然看到一个小男孩，有四五岁，浑身淋得像落汤鸡，蜷缩在垃圾堆旁颤抖。朱梅芳觉得可怜，问他家在哪儿。小男孩惊恐地直往角落里退缩，叽里咕噜不知说的什么。朱梅芳猜想他说的是日语。这几天，运日本人的火车车少人多，拥挤得常有女人和孩子失散，看样子这又是一个散落的孩子。她觉得可怜，想救他，然而想起倒在日本侵略者刺刀下丧命的同胞，想到她去年怀了身孕，有两个骑摩托的日军说她摆摊挡了他们道，掀翻了摊子，她还被踢倒而流产，她

古 玉

心头又冒出仇恨的怒火：让他们的后代受报应吧！她丈夫也叫她别管。

可是她走了几步，又忍不住回头再看一眼，发现孩子也正睁大眼睛看着她，满脸哀苦和祈求的神情。她心又揪紧，忍不住对丈夫说："孩子可没罪呀，这么小，没人管活不了啊！"她坚持要把孩子带回家，丈夫韦生福也就依了她。

回到家，她给日本小孩换掉淋湿的衣衫，喂他热粥，找来郎中给他看病。孩子身体渐渐恢复正常。她决定收养这孩子，就让丈夫给孩子起了一个中国名字："韦纪中"。

孩子随身带着个包袱，上面印着淡红樱花图案，里边有两件衣服和一双皮靴，还有两个儿童玩的面具。朱梅芳为防外人知道这孩子的真实身份，亲手给孩子缝了中国衣服，做了布鞋，把换下的日本衣服、小皮靴和面具一起包好，严藏到箱子底层。她不让孩子随便出门，让六岁的女儿小兰在家陪着他玩。

韦纪中偶尔忍不住出门，一口日语露了馅，一个邻居的孩子大喊："你是小日本！野种！"之后邻居各种骂声便不断，有的甚至骂朱梅芳"汉奸"，她承受不了，和丈夫商量后，决定离开毗陵回到老家柳林镇。

在小镇安下身不久，孩子身份又被人发觉。日寇入侵柳林时，朱梅芳的堂妹曾遭强奸，她的兄弟姐妹恨她收养日本孩子，都与她断绝了来往。

韦纪中学会了中国话，朱梅芳夫妻俩这才知道他的日本名字叫河洋三，也才知道那包袱里的面具叫"丑八怪"。孩子越来越懂事，与中国爸妈很亲，说自己就是韦家的亲儿子。朱梅芳也把他当作亲骨肉，和比他大一岁的女儿小兰一样送去上小学。解放后，又让两个孩子上了初中。大跃进时，韦纪中被县办农机厂招工，靠自学成为技术员。朱梅芳夫妇又为他娶了媳妇。女儿小兰也考上中专，分配到毗陵市里工作，也结了婚。

韦纪中婚后依旧与养父母住在一个大家庭，有了两个孩子，平日住在厂里，周日回家。

朱梅芳七十岁时，老伴去世了，由韦纪中一家子陪伴照料她。

可是有一天纪中回来对母亲说，从报上看到报道，当年中国家庭收养的日本孤儿已陆续回国寻找亲生父母。他不知日本还有没有亲人，也想找找。朱梅芳的心不由得一揪，怕这个儿子会离开；过后再想想，孩子寻找亲生父母也合情合理，不该阻拦，相信他即使认到血亲，也不会不认她这个养母，便从箱底取出藏了三十五年的樱花图案布包袱，交给纪中做认亲凭证。纪中以河洋三的名义，通过

古 玉

寻亲机构找到了在日本奈良的亲生父母。

河洋三独自去日本寻亲,一个月后回来了,说亲生父亲曾经是日本军官,在中国犯过罪,深深负疚。这回,按规定,他可以连妻子及两个孩子都迁往日本奈良,只惜日本政府规定,养母无血缘关系,不能随迁。

在身边生活了三十多年的儿子要离开,朱梅芳心如刀绞。从毗陵赶回的韦小兰也气愤地对纪中说:"这个家把你养大,母亲把你当亲生儿子,你却要离开去日本,怎么忍心!"

河洋三委屈地说,他也舍不得离开母亲离开这个家。他本来还有一个亲哥、一个亲姐,当年随父母从中国回日本,哥哥在途中就生病死了,姐姐回国后远嫁北海道。亲生父母都七十多岁了,父亲又中风坐了轮椅,需要人照顾。

朱梅芳也觉得儿子好为难,又心疼他,便又反过来劝女儿:"别怪他,照顾亲生父母也是应该的。"

河洋三说:"我会常回来看你们。如今日本经济发达了,我想在那边多挣点钱捎回来,好让妈妈晚年的日子过得更好些。"

河洋三带妻儿移居日本后,韦小兰便把老母接去毗陵市里一起生活。

老人盼着儿子纪中一家去日本后的消息。可是大半年过去了，竟杳无音信，老人受着思念、担心的折磨。

"日本弟弟竟变得这么无情！"韦小兰又愤懑了，"妈妈救他命并养大了他，受了多少委屈，这么大的恩情，他都忘了！"

朱梅芳老人沉默了良久，说："别这样说，我救他并养大他，根本没有想到要他报恩，只是他也是我心头一块肉。他没回音，可能是遇到什么不顺，有难处，我只是不放心啊！"

又过了半年，河洋三终于带着妻子儿女回来了，说了没音信的原因：去日本不久，就被车撞了，断了腿和肋骨，还有脑震荡，自己不能写信，让妻子写又怕让母亲生疑担心，加上中风的生父要照顾，情况是一团糟。如今伤养好了，有了工作，才敢回来探望母亲。他从旅行箱里拿出当年那个印有樱花图案的包袱，捧给老人说："这是我的根，留在母亲身边，我不管人在哪里，心永远不离开您。"

老人接过包袱，紧紧抱住儿子，热泪簌簌而下。

古玉

乡长

储德诚手里提着一只小型藤篮,带着任小学教员的儿子学礼急匆匆从柳林镇赶往埠头镇,要去营救柳林裕德堂药店老板储思贤。

储思贤的裕德堂药店既卖药,又行医。新四军抗日女区长林敏生病,秘密隐藏在裕德堂药店后院的楼上治疗休养,不知被谁告密,早上驻官林镇的和平军来抓她,她持枪抵抗,最后牺牲。储思贤因"窝藏新四军"治病,受牵连也被抓去,有生命危险。

储德诚年近五十,是储思贤的同族叔辈,曾在日本学师范教育,在苏州一中学任过校长,抗战爆发后,回家乡柳林避难。柳林镇偏小,没有驻扎日军、和平军。相距十八里的埠头是大镇,驻了日军一个中队,称为"红部",管周边十多个乡镇。中队长吉野前年要在各乡建立维持会,听说储德诚在日本留过学,就要他出任柳林的会长。他岂肯当汉奸,找借口婉拒两次,吉野便发出最后通牒。这事被新四军抗日县长葛臻知道，私下动员他答应吉野挂个名，可以方便暗里为新四军办事。他便向吉野提出，如果不称维持会长，只称乡长，他就出任。吉野答应了他的要求。官林和平军归吉野管，储思贤被抓，储德诚觉得自己应义不容辞营救。如今日本人改变策略，口头上提"亲善"，对老百姓装慈善面孔，吉野应征入伍前也曾任过小学校长，看上去不如其他日军军官凶狠，他觉得可以出面去找吉野试试。不过还不得不破费点金钱，时间紧急，也不宜声张，便自己先拿出一百块银元，用小藤篮装上带着。

苏南日军为防新四军游击队活动，抓老百姓到处筑长长的竹篱笆，代替铁丝网分区隔离。整个埠头镇都被高高的篱笆围着，东南西北各有一个口，都有日军的岗哨，当地人称为"沙拦子"。储德诚这时也早有遇险的准备，在离沙拦子还有半里路时，便叫儿子在一农家等着，嘱咐说："我进去谈的结果很难预料，如果一个钟头不出来，你就赶紧离开。"说完，提着装有银洋钱的藤篮向镇西沙拦子走去，亮出"良民证"通过了卡子口，直奔日军红部。

日军红部设在西街外北郊的杨家大院。这大院四周有一长排楼房，中心有块大空场。院子搭了一长排拴马棚子，里面拴着十几匹高大的东洋马。

储德诚走进吉野办公室，即把藤篮往办公桌上一放：

"这是一百块大洋。"

吉野惊异地问:"这是怎么一回事?"

"有事恳求太君。"储德诚故意装得诚惶诚恐。

"什么事?"

"裕德堂药店为新四军的林敏治病,老板被官林和平军抓去了。太君肯定也知道了。"

坐着的吉野猛地站起来,口气严厉了许多:"储思贤窝藏新四军女区长,良心也坏了!"

"阁下也曾教书育人,肯定明理,恳请先听我说完,看是否有理,再做定论好吗?"

吉野口气缓和些了:"你说。"

"中国小说《三国演义》,阁下该读过吧?"

"嗯。那又怎样?"

"东汉末年,魏、蜀、吴三足鼎立。有个叫华佗的医生,医术高明,怀有悬壶济世的仁爱之心,深受世人爱戴。阁下也一定知道。"

"神医华佗,当然知道。"

"魏、蜀、吴互相征讨,是敌对的,对吧?"

"什么意思?"

"华佗给东吴大将周泰治过伤,又给蜀国的关羽刮骨疗毒,蜀、吴是敌对的,吴、蜀都没有因为他为敌人治病而杀他，连曹操患头痛病也请他去医治了。"

"华佗不是被曹操杀了吗？"

"是的。不过，曹操杀他，并不是因为他给两个敌方大将治过伤，而是他要给曹操剖颅治头痛，曹操怀疑他要借剖颅害自己性命。华佗临死前拿出一卷医书给狱吏，说'这书可以用来救人'。狱吏害怕曹操降罪，不敢接受，华佗只好忍痛把书烧掉了。杀华佗，神医医术失传，对后世损失极大，成了万代痛恨的恶例……"

吉野面露愠色，忍不住打断话头："你说我比曹操都残暴？"

"我哪敢对太君不敬！只是想说清理由，请求太君耐心听我说完。"

吉野愣了愣："说！"

"华佗要给曹操做剖颅手术，曹操猜疑他；如若华佗拒绝给曹操治病，曹操也不会放过他。"

吉野怔住。

储德诚接着说："时下，有皇军与和平军，有国民党中央军、保安队，还有新四军游击队，今天你来，明天他来，老百姓是弱者，哪边都不敢得罪，日子过得有多艰难！裕德堂药店按中国古训，怀仁慈之心，悬壶济世，凡是病人都得治。如果中央军也有人生病、受伤要治，那么请教阁下,储思贤又该怎样做?"

吉野又一怔,随后怒目圆睁,抽出指挥刀架到储德诚脖子上:"你这样卖力地为他说话,不怕我杀了你?"

储德诚镇定自若,淡淡地笑着说:"怕呀!阁下要我死,易如反掌。不过我今天斗胆来,一是因为相信你知书达理,不会蛮横无理;你又说过要建立新秩序要'亲善',这不会是假话。二是储思贤家世代行善积德,广得民心,如果把他也连坐,民心又会怎样?太君要我做柳林乡长为你们办事,可是我也不能不顾及百姓生死,要不,就没人信服没人理,也就办不了事。这道理很简单。"

吉野沉默了好一会儿,取下指挥刀插入鞘,拿起桌上电话与驻官林的和平军据点通了话,然后对储德诚说:"到官林把储思贤接回去吧!他受了点伤,得派两人去把他抬回去医治。"

储德诚心里一块重石落了地。可是听说储思贤受了点伤要去抬,心又不由得一震,思贤显然是受严刑拷打吃了苦头,和平军这帮畜生,凶残一点都不输日本鬼子!

他转身要走,吉野又叫住他:"银元你先带回去。"

储德诚很惊异,愣住。

吉野说:"皇军需要军粮。储乡长给代买粮食吧!为期十天,把粮送来。"

储德成一怔,觉得吉野似乎并不是被他说服才放人的,实是为要利用他帮收粮。他又面临一步难棋,该怎么走,得找新四军抗日县长葛臻求取锦囊。

漂荡的月儿

两旁往后急遽闪逝的是什么?行人?车辆?建筑?……脑海里怎没留下一点肯定的印象?自行车是我的两脚在蹬吗?好像不是。它怎么飞驰得这般爽利、轻盈?……哦,是靠古运河水面漂荡的月儿,靠它无比神奇的引力……

上星期六,于团市委在运河公园举办的联欢晚会上,我这个吉他爱好者弹奏了一曲《西班牙斗牛士》,赢得了一阵热烈的掌声,之后,她——一个与我素昧平生的姑娘——竟主动来要我为她的独唱伴奏。我俩萍水相逢,却合作得十分成功。散场后,她又彬彬有礼地找我攀谈了好一会儿。我俩沿着古运河畔漫步,水面正漂荡着大半圆的

古　玉

月亮。她俊俏的脸上含着微笑，苗条而又丰腴的身子穿着洁白的连衣裙，在淡淡的月光里，好像罩着一层轻纱，显得那么美——美得含蓄、神秘，别具一种韵味，宛若天宫降下的仙子。这在我心里留下了甜甜的眷恋，我给她留下了单位电话，也向她要电话号码，她却说接电话不方便，我向往，却又难存希望……

我正为没有再次相见的机会而犯愁，真没想到，她却主动来电话约我，说是她也想学吉他。嘿，吉他！还有什么比这更能让我发挥优势的！只是不巧，老同学斌也想学吉他，已约好今晚去他那儿，撞车了，不过无疑是"仙子"重要，于是与她约定还是晚饭后在运河公园见面。

她已在等，依旧是一身洁白的连衣裙，披着月光，手扶着古运河边的栏杆婷婷而立。

河面漂荡的已是满月，圆圆的、金黄的。

她看了看手表，含笑望着我，眼神好似在说："你真守信。"

能不吗？你约定的时间就是最神圣最威严的法律，这是最起码的常识嘛！

我从背上取下吉他："你……真想学？"看我用这一句话破题，真笨拙！

"真的。"她接过吉他，抚摩了一会儿，信手轻轻拨了拨琴弦，"听说这很难学。不过，只要有人指导，我相信我能学会。"她的嗓音比我拨弄的弦声还悦耳。

"我包教，保证教会你。"我心儿跳得好凶。

她投来的目光带着信赖，溢着喜悦。她的身子跟我挪近了——我们头一回靠得这样近，手臂擦到了手臂。她的皮肤是这样细腻、光滑、柔软！

呵，这善良的盛夏，好心的夜晚！

"你今天晚上本来有别的事吧？"她问。

"你怎么知道的？"

她嫣然一笑："你在电话里愣了一下，不是吗？"

看她这么灵敏、细心！我正巴不得说明："是这样，我有一个老同学也想学弹吉他。昨天我答应今晚上送一本《西班牙吉他教材》去他家，顺便教教他，不过接到你的电话，我就……"我正好向她表明她在我心里比同学重要。

"他不是要等你吗？"

"老同学，没关系，以后打个招呼，他会谅解。"嘿，仙子，该了解我真诚的程度了吧？——啊，你怎么低下头了？脸上的笑意为何消失了？你……为什么又把吉他递还给我？为什么转过身去默默地望着运河水面？……

唉，明月在水面轻轻漂荡，不断变着形状，仿佛被一双顽童的手搓弄着 ——这讨厌的夏风！

她总算回转身来了,笑意又回到脸上:"你有几本吉他教材?"

"初级的只有一本。你是……"

"我也想要。"

我巴不得呢!"那就给你。"今晚我不知怎么的,这么慌乱、笨拙,教材明明带在身边,就不曾想到要主动些。我忙从车上拿下拎包,将教材取了出来。

她接过去,信手翻了翻,淡淡一笑:"你不是答应给你那位同学了吗?"

"我再另给他想办法。"

她把教材还到我手上,冷冷地说:"我暂时不想学了。以后再说吧!"

白衣仙子乘着夏风飘飘悠悠归去了,地上留下了我的孤影。

呵呵,古运河水面上漂荡的金黄圆月让一阵强风捣成无数碎片……

悄然东流水

他已一星期见不到她,明显地感到她在避着他。他整天失魂落魄的。

盛夏的黄昏,他推着自行车登上横跨古运河的水泥大桥,意外地见到了她的倩影。

她正和一个青年男子在桥背一侧的白亮水银灯下倚栏相对而立。那青年是谁……啊,原来是他的老同学文基!他俩在……

他心一沉,在离他俩不远的暗处停住。

看,文基手里托着一件……淡紫颜色的什么衣裳,料子倒有点像针织尼龙的。他曾送给她一件针织尼龙的连衣裙,是淡蓝色的。难怪她近来对他降了温,原来是你文基在向她献媚。你这家伙真可恶!

他俩还在议论他呢,她的声音随着晚风悠悠飘来:

"他呀,脑子里有孔子遗传的细胞……"她不满地说。

我是这种人吗?真是天晓得!

"不见得吧，当初他送你时新连衣裙，喜欢你穿它，这说明什么呢……"文基似乎在对她做某种测试，后边似乎还说了什么，但有些听不清。

是嘛，他送她的那件蓝针织尼龙连衣裙是半透明的，像一层薄薄的雾，质地轻盈柔软。她穿着伴他跳华尔兹时，随着舞步飘飘忽忽，像一只颜色素洁优雅的蝴蝶在花间飘飞。每当此时，他的目光一刻也舍不得离开她。她那婀娜的体态、白嫩的肌肤，以及那近似蒙娜丽莎的娴静自若的神情，如一泓明净的春水。他的心在其中轻轻荡漾着，会瑕念俱尽，变得圣洁异常。美的力量是这么神奇、伟大！不过，也多亏他，凭着慧眼和勇气发掘了她身上的美，用那种连衣裙为它的显示创造了条件。他曾为之自豪过，也受她表扬过……

"是的。"她陷入了凝思，"可是……"

"可是什么呢？……哦，你伴他跳舞，累了在一旁休息时，他还老邀请别人伴跳，也总喜欢邀请穿戴摩登的姑娘。"文基显然开始挑拨，"你是不是为这而对他感到不满？"

"不，这还是正常的。"她倒还坦然，"有的姑娘跳得比我还好。我看了也觉得美，也有享受……"

这倒是，他和别人伴跳时偶尔朝她一瞥，总见她甜甜地微笑着……

看来，眼下她那颗心还在荡秋千，但愿能重荡到他这边来！

她却又满怀怨愤："……裂痕生在我也让别人邀请……"

一辆汽车从桥上开过，引擎声淹没了她后半句话。

文基谲然一笑："我也邀你伴跳过。那回……"

那回？……哦……老实说，他坐在一旁，心一直悬着，时刻注意着他俩身子的距离，总觉得文基的目光在穿透那薄如蝉翼的连衣裙。每当文基脸上出现愉悦的笑意，他的心就会抽搐、发麻。她跳完回到他身边，他还老下意识望着她的腰部，好像那上面还留有文基的手掌印……

"……他脸色很难看，一连喝了三瓶橘子水。"她的声音又飘来，是轻蔑的口吻，"送我回家的路上，一直沉默无言。后来有一次我约他去参加舞会，他竟然吞吞吐吐叫我把连衣裙换掉……"

"他是有这毛病。"文基直截了当伸出了冷拳。

"跟这种人在一起，好受吗？"她怨愤地说。

"可以理解。"文基在讨好她，挑拨又加码。

卑鄙！他咬紧牙，两手恨不得把车把捏碎。

"这裙子，无论如何要请你代我还给他。"

啊，怎么，这就是我送给她的那条连衣裙？怎么会是紫色的了？……哦，这蓝色金狮自行车在这水银灯下也变成了紫色的——她要托文基把裙子退还我!

他的心往无底的深渊坠去……

"不过,我觉得你不必为这点就放弃他……老实说,我也犯过和他同样的毛病。这是难免的。"文基话锋转变一百八十度,"他毕竟还有理解现代生活的一面,对你的感情还是真挚的,不是吗?"

她欲言又止,微微低下头。

他误解了文基,心中内疚、感激。

"……还是我找他谈谈再说吧……"文基把连衣裙退还到她手上。

她凝神望着文基,低低问了一句话,从神情来看,显然是问:会有用吗?

文基没有回答,两眼慢慢转向运河河面:"唉……这运河水乍看像是停滞的,其实,自古至今一直在悄悄往东流。破残的环洞石桥不是随它流走了?还有这两岸……"

两岸正镶嵌着无数明珠般的电灯,陈旧的石驳岸和古老的建筑依稀可见。右边一片正在拆除,在兴建一条高速公路……

她和文基朝前走了。

他心乱如麻:是等待,还是主动走上前去?……

纯金戒指

一

春夜,半圆月。小镇北郊,运河南岸,盛开白花的梨树旁,一条小河河水通过石坝涵洞汩汩流入运河。

家庆从西装内袋中摸出一个手帕裹成的小包,谨谨慎慎打开,取出一只戒指,小心翼翼戴到玫玫左手无名指上。

月光下,戒指闪着一星金辉。

月光下,玫玫的大眼睛闪着惊异的光芒:"金的?"

"嗯。"

"多少钱?"

"五百元。"

"为什么花这么多钱买这东西?"玫玫带着嗔怪的口吻问。

家庆明白她的意思。他这个刚从大学毕业的乡镇中学青年教师才工作一年多,五十多元的月薪,积聚一只金戒指的钱谈何容易！她是为他着想。可是她在他心目中是最完美、最圣洁的女神，他愿意为她奉献自己的一切。

"为你嘛！"家庆憨厚地笑着。

"傻瓜！"玫玫右手轻轻地抚摩着戒指，美丽的大眼睛里流出的光是那么柔和。

"可惜是'韭菜边'的，没有花纹，最简单的做法，一点没有工艺色彩。"家庆不无遗憾，"不如城里金店的做得精致。"

"不是金店里买的？"

"不是，是外地人带来私下里卖的。"家庆认真地说，"金店的做工虽然讲究，据说金的成色不足，只有百分之九十七。这是纯金足色，人家私人祖传老货。我给你的，金应该是纯的。"

玫玫默默地望着他，又望望手上的戒指，突然捧住家庆的脸，慢慢地，慢慢地，把带着温馨的唇凑近他的嘴——她头回主动这样。

家庆紧搂着玫玫丰腴的身子。

玫玫的头搁到了家庆左肩上。

洁白的梨花花瓣星星点点飘落到玫玫头上，家庆一点一点为她捻去，用手指轻轻地梳抹着她那柔软的披肩长发："我盼你永远戴着它，永远不脱下。"

"嗯，我一定永远戴着。"温柔甜润的声音是从玫玫胸膛里飘出来的，伴着小河的流水声，像一曲无比优美的轻音乐。

二

不知怎的，近来玫玫每天下班后老是避而不见，行踪诡秘。

家庆好容易在她女友秋云家找到她。秋云仿佛是玫玫的监护人，只让家庆在客厅等着，非得由自己把玫玫从紧闭门的房间里叫出来。玫玫一出门，神色有些紧张、尴尬，赶紧把房门带上。

真叫人生疑。

"你在做什么？"家庆竭力让声调显得平和些。

玫玫难掩慌乱心绪："没……没做什么。"

"有。"秋云紧接着插嘴，快言爽语，"是我们小姐妹之间的事，你没有必要都知道。"

家庆心里一咯噔，目光油然转向玫玫左手无名指，那上面的戒指竟不见了。他惊疑地拿起她的手："怎么没戴？"

玫玫目光畏然："我珍藏着。"

"你答应我永远戴着的。"

"我戴在心里不更好？"

"不，我要看到你戴着它。"

"噢，我戴。"

隔天，家庆约她去看电影，总算又见她那手指上闪亮着他给的纯金戒指。

三

之后，家庆依旧老是找不到玫玫。她业余时间的行踪依然那么诡秘，不可捉摸，他难得见到她一面，又总发现她左手无名指上光着。他不再提出要她坚持戴那戒指，强求不可能得到真心。

他坐在房间里的书桌前，一口一口吸着烟，一口一口吐着雾。他眼前的烟雾缭绕着，不时把书桌上相架里那张玫玫的六英寸半身像漫掩得模糊不清……

渐渐地，家庆恍恍惚惚看到，烟雾里那张照片上的玫玫手捻着一根针，慢慢向他的心头刺来……

家庆提起笔：

玫玫：

　我知道你戴我那只戒指遇到了不可逾越的障碍，我绝不再为难你。让你我双方都得到解放吧！

祝你幸福

曾相识者

四

玫玫却还要约家庆见一次面。

初夏的黄昏,他经过一番犹豫,带上玫玫的六英寸照片,准备还给她。他走向运河边的梨树旁。

圆月金黄,几缕稀疏云丝白如银絮,梨树已挂满硕果,小河水依旧通过石坝涵洞汩汩流进运河,古运河北边的田野一片蛙声。

玫玫已在等候。她一身洁白的连衣裙,风韵别具,在月光下,既朦胧,又醒目,着实迷人。

家庆头脑里油然显现出蒲松龄笔下《画皮》里的形象……

"你看。"玫玫抬起左手,声音甜甜的。那无名指上戴着戒指,是他家庆的。

家庆冷冷地说:"我不喜欢看演戏。"

"不,它是纯金的,从表到里。"

"可惜是我的,不是你的。"

"我……我的衣裳可是洁白的,连纽扣也是。"

"只是外衣。"

玫玫双手搭到家庆胸脯上,披肩长发擦着他左边面颊,娇弱的恳求声从他肩头悠悠而出:"请你相信我……"

家庆慢慢地沉重地把玫玫推开:"那么,请你把前三个月中我不了解的告诉我,全部,毫无保留。"

"不。"玫玫低垂着头,"我没有什么有愧的事要说。"她猛抬起头,眼里泛出哀怨的光,"求求你,不要怀疑我。"

"一个面目不清的人,我决不会轻易相信。"

"我真的没做什么,真的。"玫玫嗓音变沙哑。

家庆心头过去被她络上的情丝油然绷紧。他缄默片刻,一咬牙,以怨恨冲去了酸楚,把六英寸照片还到她手里:"我不强求你说。请你别再戴这戒指了,别玷污它。"

玫玫低头朝照片愣愣地望着,望着,手渐渐无力地下垂,任照片掉落到地下。她木然地艰难地脱下戒指,颤抖着交到家庆手里,颓丧地倒倚到梨树枝干上,面颊上出现点点珠光。

嗡嗡的蚊子叫声、呱呱的蛙声、哗哗的流水声,交织混杂,真令人心燥意乱。

家庆目光缓缓地移动着:戒指、照片、面颊上点点珠光……他心里五味杂陈。

一只带柴油机挂桨的农船从运河里驶过,啪啪的机声震耳欲聋。

家庆心一横,以恼恨和鄙夷强驱去胸中的眷恋,用手帕包好戒指放进衣袋,转过身,大步向镇子走去。

五

镇子通运河边的路口，秋云像当阳桥上横枪立马的张翼德，拦住家庆："你真该死！倒是你玷污了那戒指！"

"你说什么？"

"是你冤枉了玫玫。"

"到底是怎么一回事？"

"实情我也不说，我答应帮她严守秘密的。"

"为什么不能说？"

"不说，她所做的才高尚、才宝贵；说了，就降低了她的价值。"

"嘿。我早明白。"

"总之，她对你是一片真情。你应该相信她。"

"我只相信事情的真相！"家庆头一昂，夺路而走。

秋云又旋风似的超到家庆的前头，张开双臂："我说，我就给你摊底……"

本来，家庆给的戒指，玫玫是当纯金的戴着不离手指。秋云家隔壁赵婶也从外地来的过路人手里买了一只，到银行去验出是银的，只在外边包了一层金皮，受骗上当了。秋云也劝玫玫去验验，果然也是假的，这种过路货都没法儿追究。玫玫异常珍惜家庆为她觅求纯金戒指的深情，怕他伤心，决计不让他知道。为防磨损表面金皮露假让他发觉，就藏着不戴。她好不容易攒足一笔钱，前天叫秋云陪着到城里金店做了一只一模一样的真货，堂堂皇皇戴上，让家庆永远以为他给她的真是纯金戒指。

家庆两耳嗡嗡直响："那……我取回这只……"

"肯定是她心血凝成的真货！"

玫玫中专毕业到这小镇医院当护士还不到两年，月薪比他还低，积蓄比他更少。他惊疑："她哪来这么多钱的？"

"她一下班就给塑料制品厂烫制外加工塑料袋。这三个多月，几乎天天开夜工熬到深夜。她脸都瘦了一圈，两个指头多次让电烙铁烫伤，你没发觉？她的纯金戒指，你有资格拿吗？"

家庆心里终于发生了强烈地震，轰鸣着、动荡着、崩裂着……他从衣袋里摸出手帕包取出戒指，戒指在巷口的路灯光下金光闪闪。他咬紧嘴唇，举拳对着自己的脑袋狠狠捶了一记，捏着戒指，发疯似的向运河边的梨树奔去……

六

夏夜，没有一丝风。天上的月亮是圆圆的、金黄的，络着几缕云丝；运河水面的月亮也是圆圆的、金黄的，络着几缕云丝。小河的流水声、远近成片的蛙鸣和蚊子的低吟交混着……

这目光

我一手拎着一盆盛开的月季花,离开公园偏僻处的花圃,踏上了游区一条林间曲径。不时,有三三两两的游客和我交肩而过,一个个向花儿投来欣赏的目光。

嘿,两盆都是名种,岂能不引人注目:右手这"白和平"素白无瑕而又温润柔绵,就像和平鸽的银翎玉羽;左手的"玉香"尔雅娇媚,宛若西子的凝脂粉面。我在繁忙的教学工作之余,喜欢养育花卉。这两个品种,我向往已久,今天靠着熟人的条子,找了花圃的主任,享受了优惠售价,终于觅求到手。

"这月季多少钱一盆?"一位壮年人在我面前停住。

怎么回答呢?据花圃主任说,对外售价要五六元;他有条子,只算两元。这实情怎好向一个陌路人公开?于是我谎话脱口而出："五六元。"但我感到自己的声音有些凝涩，有些颤抖。

"究竟是五元还是六元？"问者似笑非笑，神情显得有些诡秘，不可捉摸。

问得这样顶真、奇怪，也讨厌！……呃，不对，这人仪表显示的气派像个领导干部，说不定就是这个大公园的负责人，甚至可能是园林管理局长。万一真是，我若被追逼得吐出实情，岂不既要出自己开后门的洋相，也有可能给花圃主任添什么麻烦，我身子猛地一热，额上一下渗出了涔涔细汗。此时此刻，我真像一个受审者，但只得咬牙作假供："是五元。"

他微微一笑，两眼朝我倏然一瞥，悠悠离去。他那目光里似乎蕴含着十分明显的怀疑和轻蔑。

难怪啊，规定的价格到底是五元还是六元，我并不清楚。这样肯定的回答是五元，不依旧可能给人留下可疑的痕迹？……

我拎着盆花在公园小径上迟疑地慢行，心儿在微微颤抖。

又有三四个游客徜徉而来。他们老远就把目光投向我拎的月季。这一对对目光是表示的赞赏、爱慕？不，不像；像是询问，似乎还带有审视和疑虑的成分。也许语言查询随后就会袭来。我必须马上觅得可信的谎言准备招架。嗨，我的大脑是这样迟钝，什么话也想不出——不对，这以后一路上，这种目光还会遇到多少次？我的心还要受多少次怀疑和蔑视的鞭挞？这是个未知数，令我惶恐。不能再朝前走了，必须弄清这花每盆定价究竟是几元，必须认真谨慎想一想，到底该怎么办？

我恨不能把这盆花装进衣袋，只能像小偷一样躲避着人们的目光，急匆匆溜回了花圃，找会计查看了价目表。

这两盆花，每盆应当是四元——并不是五六元。

看我，崇拜了熟人的条子，相信了花圃的主任，受人诓骗，还去欺蒙别人，多可怜又多可笑！四十多岁的人了，多年来屡见的是学生和家长尊敬的目光，从中品尝到的总是自豪和安慰的蜜汁。而这回，为占几元钱的便宜，在人格和精神上却要付出这么大的代价，何苦呢？

我毅然从衣袋里掏出四元钱，重重地放到会计面前："给我补开一张发票！"……

我带着补开的发票，拎着两盆月季，重新踏上那条林间曲径。

"这花是多少钱一盆的？"又有人发问了。

"四元。"我的嗓音变得特别清脆、响亮。

人们投来的目光有怀疑也有相信，也许都不无道理，不管怎样，我还是巴望一路上所遇到的人都能把目光投来，都能向我发问。我还要尽量把花儿拎得高些，让它们更显眼些。我要堂堂皇皇地显出这名种的可贵！

位置

坐垫和靠背是这样柔软，比普通客运汽车的座位高级得多。我半躺着，身子随着这北京吉普的飞驰而微微摇晃，舒意、悠逸！这福分实在应当感谢周部长。

这是小车十分稀罕的年代，市委市府领导才几人合用一辆伏尔加轿车，部、局领导几人合用一辆吉普。在这中等城市市级机关里，我这个文职的办事员也是个兼职的自行车"驾驶员"，因公下乡都是乘长途汽车。坐小吉普或轿车是实在难得，那必须是跟随领导出门。若遇这种良机，上车或下车，我总十分留心周围，看看我是否能赢得人们的注目。那一刹那，在别人的记忆里，也许根本不能留下什么，但在我自己的脑海中，却始终珍惜地保存着。今天，周部长正好有公事要去我的家乡,出于对下级关心,问我是否顺便搭车回乡看看亲友。在这小吉普里,我幸运地占上了一个位置。

窗外驰过的是春天田野的景色:绿柳、菜花、麦苗、紫云英,在我眼里,它们却十分模糊。我想象的翅膀大大超过了吉普的车速,飞到了故乡小镇的街口:小车一停,立刻汇集过来一张张熟识而又久违的脸,我掸掸身上的灰尘,然后下车,此时,乡亲们的脸上定会浮现出一种惊羡的神情。还会有人迎上来跟我握手、寒暄,会让我充分享受衣锦归乡的荣耀……

我急切地盼望着车停下的那一刻。

没多久,车停下了,却是中途的一个小镇。今天正是集市的日子。这一段公路穿镇而过,两边摆满各种农副产品露天货摊,摊前挤满了人。车是部长叫停的,我家乡这几年以培育花木著名。周部长见路边有个卖花盆的货摊,想买几只盆带去,请我家乡的乡党委书记帮选几种花卉、苗木,栽好带回城去。

部长拉我一同来到花盆摊前,很快就挑好了六只黄泥烧成的瓦花盆。他付了钱,对我说:"你先把盆搬上车,我再买几只橘子。"

当我把六个花盆捧起时,猛地发觉,那卖花盆的小贩

古 玉

和周围好几个人都注视我俩,似乎都在推测、分辨身份。我顿时觉得浑身痒痒的,很不自在。不知是因为盆重还是由于心理异常,把盆儿搬到车上时,额上渗出一层细汗。

我望着车里刚才自己坐过的那个位置,有些犹豫了:这,我若再坐下去,车到家乡小镇的街口停下,六个花盆捧到乡政府,那得走过一条小街,肯定还是我的任务——至少是和驾驶员共担,我成了部长的随从,当托月的云,将引起多少熟人的瞩目,那会是什么样的滋味?

我想避开那一幕,想谎称要在这中途镇上看望一个好友,从这吉普车里取出我的提包和给父母带的礼品,改乘客运汽车回乡。

部长来到车旁,我正要开口,他递给我一只橘子:"上车吧,帮我留心着花盆,防着颠破。"

我又难以启齿了,只得做好演一次尴尬角色的心理准备。

车终于到了家乡的小镇。我和部长、驾驶员几乎同时分别从三个车门下了车。小镇难得见小车,果然有不少双眼睛注视我们,我也只好硬着头皮,动手去搬车里的花盆。谁知部长却把我拦住:"你直接回老家吧,我俩拿得了。"

"我,也要经过乡政府,同路。"这实话,我不愿说,却又不能不说。

"你也有东西嘛!"部长随即从车里拎出我的提包和一

大扎礼品递给了我。

部长和驾驶员各捧三个花盆和我同时离开吉普车,这时街上确有不少人在打量,也有熟人过来同我握手、打招呼。从人们的眼神和表情中,我得到的自豪和得意似乎大大超过了期望。因为部长和驾驶员搬着花盆,正在烘托着我。

我于是为这超乎意料的情形惴惴不安:自己不甘做云,难道有资格做月?……我汗颜了,终于明白,不该失去的固然不能让其失去;不该得到的得到了,却也应当感到有愧!我暗暗决定,下午回城还是改乘客运汽车。上那种大客车是按车票编号决定先后,我不论是坐着还是站着,都不会引起别人的特别注意,得到的位置都是合理的,心里便会很踏实。

闪烁的路灯

我带着一份请批报告,向厂部办公楼走去。

楼前大道旁那盏路灯在闪烁——啊,多像家乡那些熟

古　玉

人的眼睛……

我在城里有了小家庭，几年才回乡过一次春节。前天回乡，儿时的好友保清把我拉到他家，摆出过节的菜肴，斟上本乡土产的糯米酒："如今手头有点钱了，想造两间楼房，水泥是计划供应的，难买到。你在水泥厂当干部，得帮帮我忙。"

厂里确有一些机动水泥，但供应批准权在党委书记手里。书记姓彭，在本县当过多年县长；来厂后曾兼厂长，因年近花甲，去年让掉了厂长职务，至今还挂着县委常委的头衔；近年来性情变得暴躁，容易唬脸吼嗓子。正副厂长对他敬如师长，何况我是普通科室干部，更不敢找他，只好对保清说："真抱歉，你这忙我难帮。"

"听说你当了科长，几吨水泥真没法儿想？"

我脸热心悸了：你从哪儿听来的讹传？我仅是宣传科的干事，根本不是科长。我想说明，看到保清敬重的目光，舌头就打了结。难呀，乡亲们原来是当我已有一官半职，才把我看高了一截，我怎有勇气说出实情，甘心自己蹲下做矮子！只好硬着头皮答应帮忙。

路灯渐渐近来，越过我头顶向后移去。面前地上投着我的影子，随着我两脚的挪动，那影子越伸越长，引着我往"大雄宝殿"——书记办公室走去。

找彭书记批水泥其实也并不很难，只要恭恭敬敬喊他旧职"彭县长"，拘拘谨谨站着，他情绪就会特别好，会主动问你有什么困难，批条签字会十分爽气。于是我就以自己老家造屋的名义写了一份请批报告，准备硬着头皮去当一次乖巧的孩子。为求效果好，我还玩了点小花样：报告上日期写在一个月前，还故意把纸弄得有些破旧，白天，书记办公室进出的人多，我不好意思在众人眼前去演戏。好在彭书记有个习惯，每天晚饭后喜欢独自到办公室看一会儿报……

我小心地推开了书记办公室的门。他正像往常一样，躺在沙发上翻着报纸。他目光被推门声吸引，从老花眼镜上边框外投来。

"呃……嘿嘿……"我不善于在领导面前周旋，临时有些怯阵，费了好大劲才挤出"彭县长"三字。

"有什么事？"他脸上浮出一丝悦色。

怯阵同样能获得好效果，我心弦松了，从衣袋里摸出请批报告，故意迟迟疑疑递上。

彭书记接过看了看，淡淡一笑："写好一个多月了，纸都旧了，怎么一直不来找我？怕我？"

"呃，我……"我拘谨而又尴尬地笑笑表示承认。

"我会吃人吗？"他心情很好，放开报纸，起身走到办公桌前，执笔在报告上签写起来。

我暗暗庆幸。

那支笔写下"同意供应"四个字，戛然停住。他侧脸望着我："什么时候开船来装？"

"这……我叫家里明天就开船来的。"我巴望提货日期能尽量提前些，随口撒了个谎。

"什么？"彭书记脸刷地沉下，"你知道我一定会给你批？我的主是由你做的？"他随即用笔往刚写的几个字上一划，把纸都划破了。

我怔住。弄巧成拙，不无懊丧；同时，自尊心也受到过大的冲击，有些经受不住。我已没有毅力再坚持做一次更卑微的表演，慢慢拿起那份报告，默默地朝外边走去。出门时，身后传来彭书记宽宏的嘱咐："回去好好想想，明天重写一份报告来。"

我带着一丝犹豫走出了办公楼。

闪烁的路灯又渐渐移近，我下意识回头一顾，见自己的影子很短，只有尺余。再抬头望望路灯，它一忽儿像那熟人的眼睛，一忽儿又像透出了彭书记眼镜片里的目光。我的思绪突然清晰起来：投在地上的影子会随着光照的角度变长变短，这并不会改变身子固有的长度。我何苦要为维持别人的错觉而牺牲自尊去拉长自己的影子呢？

我望了望手中的请批报告,终于把它撕碎,决计明天给保清写一封信,诚实地告诉保清:我不是科长,是干事……

日历记事栏

他的笔尖在台式日历的一页记事栏上方停住:该记什么呢?哦,今天最值得记的该是……

晚饭后,行政科长老邱拎着一篮鲜鱼来到他家:"苏局长,你的一份,十五斤。钱在你的工资里扣除。"

看,一条六七斤的青鱼,还有鲫鱼、鳊鱼,每条都在一斤以上,全是上等货,倒下时,好几条鲫鱼还扇动两腮、撅着尾巴打挺呢!他能不满意!

"谢谢,麻烦你送来。"

老邱提着空篮走出他家,随手带上了门,"嘭!"——是这么响!

他的心猛地一震,两年前那本台历一页记事栏顿时在

古 玉

他脑海里浮现：

"……我是为自己少分鱼而不满吗？不，我是为这种不合理的现象合理存在而担忧……"

那也是春节前，食品公司为照顾干部，给各局供应一批优惠价淡水鲜鱼。晚饭后，局里行政科按人分好了份数。当时，他还是个普通技术人员，去领自己的一份时，行政科副科长老姜托他把局长老刘的一份顺便带着送去。他自己的一份和大多数同志的差不多：四斤人们并不稀罕的小鲤鱼、两斤鳊鱼，每条半斤上下。刘局长的一份：一条九斤重的大青鱼，还有三条鳊鱼，每条都在一斤以上。他拎上手，心里就有点不舒服。送到刘局长家时，局长不在。局长的老伴拎过鱼，一条一条翻来翻去，看了又看，还说："只有三条鳊鱼呀……虽然没死，也不是活蹦鲜跳的了……"顿时，他胸中腾起一股气来，转身就走。出门时，顺手把门带上，"嘭！"——是那么响！

这已成为历史。

历史的车轮转得这么神奇：今年春天，年满花甲的刘局长离休了，他这个三十八岁的大学毕业生一下被推上局长的位置。

而今，他这大门也让人关得这样响……

他惊惶了，忙拉开门追出去，把老邱喊回了头："这鱼,我不能全分好的,也不能分这么多。"

老邱一怔,随后一笑:"你这是花钱买的,有啥?你放心,我保证谁也不会有看法。"

哦,老邱刚才那关门声并不带什么情绪,而是他稚嫩、过敏。然而,他已让记忆提醒,依旧难以安心:"不,老邱,这鱼还是拿回去,我和大家一样分。"

老邱面露难色:"苏局长,你这样顶真,那刘副局长、李副局长的……"

他一时语塞。

老邱趁机告辞,匆匆离去。地上的鲫鱼在呷着嘴,撅着尾巴……

笔尖在日历记事栏上方抖动:这是怎么记呢?唉,难呀……

干脆避开不记?

不能。自从踏上社会起,他一直把日历记事栏当作人生足迹的录像机。今天这事如果不记,只能欺骗自己,别人也可能有日历记事栏,人人都有记忆。世上没有再比欺蒙自己更可怜、更可笑了……

笔尖终于严峻地郑重地落下。

"……我,是该让局长的乌纱帽来改变形象,还是该用我的形象正确解释'局长'两字的含义?……"

笔尖又骤然停住：鱼还在家里，该怎样处理呢？

他一下想起离休的刘局长。傍晚时，他曾遇到刘局长的老伴。她是从菜场回来的，篮里装着两条按居民户籍供应的冰鲤鱼——过去，她总是放弃计划不买的。

老局长家是否还要鱼？他决定马上去看看。

第九条红领巾

玉萍下班回到家，刚放下顺便从菜场带回的小菜，换上拖鞋，上小学一年级的女儿莺莺也放学回来了。小姑娘紧绷着脸、噘着嘴，招呼都不打，一头钻进卧室关上门，默无声息。做妈妈的心儿微微悬起，忙推开房门关切地询问："怎么啦？有同学欺侮你，还是你犯了错误挨了老师的批评？"

莺莺不开口，眼角挂下两颗泪珠。

玉萍费了许多口舌，终于问出原因：少先队已开始在一年级新生中发展一批新队员，班主任老师兼少先队辅导员,刚才放学前宣布了头批被批准的新队员名单,说是明天课外活动时就要举行入队仪式给新队员戴上红领巾。他们班头一批被批准的同学有八名,莺莺却没有轮上。

"是你成绩、表现都没有人家好吧?"玉萍对女儿说话非常小心,口气十分温和。

"不是!"莺莺愤愤地说,"上次考试,我是全班第六名,平时什么错误也没犯!"

"怎么会怎样!"玉萍嘴上这么说,心里也有点为女儿抱不平,"让我明天到学校去问了老师再说,好吗?"

"明天去问还有什么用!"莺莺呜呜哭出声。

做妈的一时没了主意。

有人敲门。进来的是个陌生男子,自报家门,是一个建筑工程队的队长,来找莺莺她爸的,手里拎着两瓶五粮液、两条中华香烟。

莺莺爸才三十出头年纪,已当上江南这个中等城市一个区建设局的副局长。这位工程队长是想承建一项工程,来求莺莺她爸关照帮忙的。莺莺爸今天被一个单位请去陪重要客人了,不回来吃晚饭。玉萍下班后在家,常接待这样的来访者,尽着"业余局长"的职责。她对工程队长说:"这事等莺莺她爸回来,我尽量帮你说说,让他关照点。"工程队长告辞了,留下那两瓶五粮液、两条中华烟。玉萍

古　玉

决不肯留给人很贪的印象，着实推却了一番，到那人表出了她不让留下决不罢休的决心，才无可奈何地说："这样不大好！"

那人一出门，莺莺突然抹掉眼泪，小强盗似的夺过烟酒："这给我！"

"干吗？"玉萍愕然。

"送给老师。"

"为要戴红领巾，怎么可以这样呢？"

"怎么不可以！人家送了东西，爸就答应给办了。我把这送给老师，老师肯定也会答应我。"

"你们班主任是女的，要送也不能送这样的东西嘛！"

"不是也有人给爸送有花的衣料让你做衣裳穿吗？"莺莺也很有间接经验，"怎么不能送这个？女老师的孩子也有爸嘛！"

玉萍想想也有道理。要老师对莺莺多照应，是得去行点春风。只是她是局长夫人，去向一个小学教师敬香上供，有点放不下架子，得考虑个妥当的做法，便对女儿说："这事你就别管，让妈妈去办。反正，保证你下一批能戴上红领巾。"

莺莺放下了烟酒："叫老师快点选下一批。"

第二天上班后，玉萍想到有去拜望老师的任务，总觉得有点尴尬，便决定明天再说。

玉萍下班回到家，正张罗烧晚饭，莺莺放学回来了。小姑娘带回了奇迹：脖子上竟然已经戴上了鲜艳的红领巾，一进门就带着满面喜气向妈妈举手敬了个少先队队礼。

"第一批有你了？"

"嗯，有我。"

"怎么一回事？"

"我也不知道。早上上课时，老师就对全班同学说第一批里添了我。"

"老师事先跟你说什么了吗？"

"没有。"莺莺呆着想了想，忽然记起："哦，对了，下课的时候，老师问我：'你爸爸是区建设局副局长？'我说是。"小姑娘顿了顿，又若有所悟，不无自豪地说："肯定因为爸爸是局长。"

玉萍也被女儿感染上自豪，嘿，老师是蚊子进庙叮佛像——终于明白不识人。幸亏没有去低三下四给老师送礼！玉萍烧晚饭时，手里切菜刀都切得特别轻快特别有节奏了。

莺莺伏在桌子上做作业，突然放下笔跑到厨房对妈妈说："还有，我忘了，放学回家时老师对我说，星期天她要到我们家来，要找爸爸说点事。"

古　玉

　　凭着局长夫人的经验，玉萍马上感觉到老师对莺莺的特别照顾是因为对莺莺爸有所求。她又有几分不快：真会钻！……隔了一会儿，她再想想，若去给老师送礼，得自家"出血"；眼下老师要上门来，即使有所求，不过是用莺莺她爸一个电话或一个签字，到底是两回事；再则，去送礼是低头拜佛，老师上门来是把莺莺她爸当菩萨拜，更不一样……她对女儿说："老师肯定是有事求你爸。"

　　"那爸可一定要给老师办！"莺莺素来是这个家庭里的"一把手"，常下这样的命令。

　　"知道啦，小祖宗！"玉萍常这样乐于服从。

　　莺莺高高兴兴回客厅做作业了。不一会儿，客厅里飘来她愉快的歌声、稚嫩的童声，清清脆脆，十分悦耳：

　　"我们是共产主义接班人，

　　继承先烈的光荣传统，

　　爱祖国，爱人民，

　　鲜艳的红领巾飘荡在胸前

　　……"

　　玉萍听出这是《少年先锋队队歌》，莺莺大概是今天刚学会的。王萍记得，自己童年时也戴过红领巾，唱过这支歌，那时就没有这么麻烦，想想莺莺戴上红领巾的过程，心里忽然觉得沉重了，有反感，也有愧疚，更有惊醒。

雾宴

初四,我接到电话邀请:初五灶王爷下界日晚上同大儿子南到市里赴宴。

我身居乡镇工业特别蓬勃兴旺的江南,在县文化部门从事专业创作,出过专著获过奖励,在一方小天地里算个名作家,偶有一些坐上宴席的机会。但因不会饮酒,不善席间应酬言辞,生性又凡事过于认真,还有几分迂腐文人的清高,赴宴大都无甚享受,反感到受罪。于是逢酒宴能推则推,能避则避。

这次被邀出席的酒宴不同往常:宴请的主人是市政府副秘书长姚远,主客就是我和我儿子。姚副秘书长二十年前曾当过业余作者写过小说,和我是文友;从政后,闲时还舞文弄墨,是有知识分子气的官员,对我并不摆地位居尊的架子。我儿子大学毕业后分配在省府,姚副秘书长去年去省城办事,他尽力提供了些方便,现在姚副秘书长宴请我们父子俩,既缘旧情,又因新谊,师出有名。电话里对我说:"这回不请什么领导,只请几个文艺界的朋友作陪,自己圈里人,可以无拘无束畅谈。"

初五傍晚,天正下着大雨。我和长子南打着雨伞出门,坐中巴准时到达市里装潢豪华的金环酒家。宴会厅里时新的灯具灯光灿烂明亮,已有文艺界、新闻界的朋友先到了场,大都是我认识的。我年过五十,是最长者,大家都尊称我为"老师",为我留了主客位置。

姚副秘书长作为主陪,大有礼贤下士的风范,开席时又再次声明:"今天不是官宴,是朋友聚会,请大家来,就是为自由畅谈个痛快!"我虽还需保持做客必要的谦恭和长者的稳重,但心情已十分良好。酒过三巡,由姚副秘书长导演,大家开始引出闲谈话题,席间气氛很快宽松热烈起来。

一位中年国画家的话题别开生面,从重温知青生活经历提到那时曾学得一种通过提问方式推测出对方心里想着一个人是谁。这是一种含智力测验的趣味性游戏。姚副秘书长也当过知青,马上接应说自己也善此道,还兴致勃勃举例介绍他曾创造过令人惊异、叹服的奇迹,并表示愿当场表现。于是引出一个横生妙趣的节目,席间所有人都被扣住心弦集中了注意力。

一位年轻的刊物主编担当了姚副秘书长的主考官:"我

心里想定了一个人，您猜吧！"

姚远按照掌握的规律开始提问："是个男的？"

主考官对所有提问只需回答"是"或"不是"。年轻主编回答说："是。"

"是本市文艺界的？"

"不是。"

"中年人？"

"不是。"

"……"

我虽是第一次听说这种趣味游戏，但因为天生凡事爱认真投入，这时也一下被带进思考的惯性，很快就摸出其内在规律：提问是要排除否定因素，缩小肯定范围，需符合著名数学家华罗庚创造的优选法原理，提的问题科学得当，接近最终目标所需提的问题越少。我发觉姚副秘书长第二、第三个问题提得都不精当，遭否定后，排除范围极小，留下的依然是茫茫大海，显然已误入迷途。我为他着急，且他每提一个问题，我为他着急的心情就增加一分。当他提过第九个问题后，我便已猜出年轻的刊物主编心中想的是谁。姚远提了第十一个问题，依然不着边际。也许是因为朋友相聚的宽松与自由，也许是他本来的书生气夹带的天真迂腐，毫不尴尬慌乱，还在一本正经思索要继续提问。

古　玉

"你已经提了十一个问题了。按规定只能提十个的呀！"一位市报的年轻女记者不知是出自调皮故意发难逗趣，还是因为单纯直率，插话做了裁决。

我觉得已被姚远带在遥遥无期、漫无目标的马拉松之中，认为大家也被拖得精神太紧张、太压抑，都需要解脱出来，重建轻松的气氛，忍不住说："我早就猜到是谁了。"

年轻的主编稍一沉吟，带着恭敬的口气对我说："老师，你先低声说说看。"

我觉得他不希望我直接公布，便凑着坐在身旁的大儿子南的耳朵悄悄说了个名字。当然这是其他所有人都不可能听见的。

不知年轻主编是否当真从我神态口型中判断出了，随即作出反应："老师猜的是对的。"接着又反过来针对女记者的意见做补充解释："按原规矩，提十个问题能猜出为最佳，但允许提十五个问题，姚秘书长还可继续提问。"

之后，姚远又提了两次问，依然未能做出判断。年轻的主编只好公布答案，答案与我所猜相符。我参与了席间这次余兴节目，效果良好，非常愉快，觉得室内的灯光更加璀璨明亮了，桌上的佳肴花色似乎更美、气息更香、味更可口了。

再一次相互祝酒后，进入了无标题闲聊，忽儿书画，忽儿戏剧，忽儿文学。年轻的女记者负责文艺版报道，她提及了当前文坛推崇的一部长篇小说，自然也是赞赏："这部小说确实不错，故事曲折，情节生动，思想深刻。"

谈及我本行，我兴趣更浓、思维更活跃了。我读过那部长篇，也读过一些评论它的文字，还做过理论角度的思辨，觉得它并不像舆论捧的那么神，还是有许多要害问题值得商榷。出于礼貌，不便与女记者直通通唱反调，但又不甘心在开了话题的机会不把自己的所思所见发表出来，临出口本能地绕了个弯子做缓冲："这部长篇描绘了那个特定地区的历史画卷，气势恢宏，地域文化气息和风土人情色彩相当浓郁，作者编织故事的能力特强，情节曲折引人有震撼力，人物形象个个鲜明突出。然而，它的缺点也非常明显：人物性格老是有正、反两极的转化，思想、行为缺乏内在的逻辑，是作者人为造作的产物。作者对于人的自然属性和社会属性、环境烙印以及自然转变的普遍规律和特殊性之间的关系未做深入的思考和研究……"我很想举实例做分析论证，但因怕占时间影响别人的谈兴，只得打住，望着女记者，盼见到她听后作出的反应。

女记者专注地望着我，没有开口，只以微微颔首做了表示。我无法辨出她脸上所带的是什么表情，或许是已领会和理解，或许是茅塞顿开的惊异和敬服，或许是心怀疑

古　玉

虑，或许是不以为然……我无意多加猜测，只觉得有敞开心扉的舒坦和愉快，心情与室内的明丽灯火融为一体了。

宴席从头至尾，谈话内容没有沾及半点当前时髦、崇尚的经商"下海"，没有涉及半点对权力的敬崇，没有官场的腐气，没有金钱的铜臭，难得人与人之间这般和谐、贴近、真诚的酒宴聚会。

席散了，我心里装着室内辉煌的灯光，装着与同桌人共同酿出的一股热气，和长子南走出金环酒家。天依然下着冰冷的雨，我和南打着雨伞走向公交车站时，仿佛觉得雨伞也带着一股热力排斥着冷雨，犹如神话中的避水宝物。

下了公交车走在回家的路上，儿子突然嗔怪我："你今天在酒席上两次说了不该说的话：一次是姚远猜不到答案时，你根本不该说你已猜到。依我看，在场大多数人都猜到了，都不露声色，你说了，他当秘书长的不尴尬？还有一次是女记者说那部长篇小说，你也不该说相反意见，让人家难堪。这种场合，大家都不认真，你何必认真。多少有点失你长者身份。"

刹那间，我浑身一凉，仿佛天上的冷雨都透过雨伞淋泼到我头上、身上，酒宴上"朋友"的一切和谐、贴近、真诚一下子变得模糊了，如罩上了重重迷雾。

在这里新生

8号新生儿紧偎年轻的母亲躺在担架上,由两个人抬着,还有孩子年轻的父亲护着,沿着长长的斜坡型楼梯缓缓而下。

她身穿白大褂,站在楼梯口默默地望着。那三双伴着担架下去的脚凌乱错落地挪动着,每一步都仿佛踏在她胸口上。她魂不守舍,心乱如麻。唉,竟会出这种差错,酿出这么严重的后果!她承认该怪她,也该怪与她相识不久的那个他!

刚才为让8号新生儿随母回家做好准备,她到婴儿室8号小床边,给小家伙解去在身上裹的青布"蜡烛包",换上他父母备好的小衣裤时,竟发现右肘上的白布手圈编号和右脚上的脚圈儿编号不对头,那父母名字表明的8号,手圈是8号的,脚圈却是7号的。她顿时想起8号出生的第三天,她当班给一批新生儿洗澡,正好有卫校来的实习生小尹当助手,就一次给两个洗。7号和8号小床相邻,是同时洗的。为防弄潮手圈和脚圈，就都脱下。偏偏在快洗好时，那个往人心里赶小鹿的他打来了电话。她去接电话时，包裹两个孩子的任务全托给了小尹。肯定是小尹把两个孩子的手圈和脚圈套错了。这就难吃准这个孩子到底是不是8号，就必须查看孩子出生时留下的档案——右脚脚印。可是8号年轻的父亲正好进来抱孩子，她来不及去值班室查看，怕他发现差错而大惊小怪，就偷偷藏起脱下的手圈、脚圈，年轻的父亲把孩子抱到隔壁产妇休息室去后，她连忙到值班室拿出蓝印台和一张白纸，回婴儿室把7号小床上孩子的脚印印下来，和值班室留的档案作了对照，和8号出生时留下的一模一样，说明让抱走的是7号，她万分惊慌。

孩子弄错了，按理应当马上纠正，但是她却没有勇气。记得去年她刚分配到这里不久，副护士长也不慎调错过一个孩子，一发觉错了，马上就主动纠正的。新生儿的父母竟反而捏住把柄大吵大闹，一直闹到院长那里，害得副护士长挨批评、做检讨，还被按新定的奖惩条例扣了当月奖、年度奖。城门失火殃及池鱼，连累科内全体护士也都被扣除奖金积分。

眼下这事故即使是实习生小尹套错手圈造成，责任也在她身上。副护士长有资格有根基，是棵老树，尚要遭严霜打落一层叶子。而她刚满二十岁，卫生学校毕业后才十个月，满周年转正定级得凭试用期内的表现，是株刚破土的嫩芽，怎经得起那么大的风霜？看着7号新生儿躺在8号产妇身边被抬出产妇室，她心儿直颤抖，咬紧牙暗念：让他去，让他去……

坡形楼梯下边尽头，三双脚匆匆消失在她的视线里。7号和8号两个孩子将永远离开亲生母亲，骨肉再也难相聚！她的心一刹那被强烈的负罪感压得似乎要开裂。

喊住他们纠正吧！她脑子里火山喷发似的爆出了这个念头，两脚不由得迈向斜坡楼梯，心里宽慰着自己：这两个孩子的父母都较有教养，不像会耍蛮取闹的人，想追上去说明真相吧……然而她走下三四步，又戛然刹住脚，耳边响起副护士长发狠的誓言："今后调错就让他错，决不再当傻瓜自找霉头！"她再想想，是不是两家父母都不会揪她辫子，没把握断定。万一有一家吵呢？她若受个处分或延期转正定级，怎么得了！那个他又会怎样看待她？

她一阵惊恐后，又默默安慰自己：还是别管他。两个反正都是男孩，眼下面相还没有明显差异，调错吃人家母亲的奶都已五天，两家父母都不可能再发觉……

担架消失了，下层楼道上还不断传来那三双脚杂乱的脚步声……

古　玉

她惴惴不安地站着、倾听着。

突然，一阵急促的脚步声由下层坡梯直往上来，接着，8号那年轻的父亲忽地在转弯处出现，很快来到她面前，站下喘着气笑着，把一只白绒做的玩具小白兔送到她手里："孩子一出世就是你照应的，你对他们母子俩护理得贴心周到，我们没有什么贵重东西谢你，孩子属兔，他妈妈让我买这个，给你留个纪念。刚才手忙脚乱光顾张罗，把这事忘了，到下面才想起来……"

年轻的父亲转身走了。

她，捧着毛茸茸的小白兔，呆呆地望着。它只有拳头大，长长的耳朵，鲜红鲜红的眼睛，浑身的毛雪白雪白，没有半点污垢杂色。她望着望着，胸口腾起一股股热浪，脸上开始发烫。她猛然意识到自己身上的大褂头上的帽子是白的，还有，这里的墙是白的，室内的床、被褥、床头柜也是白的，许多用具都是白的……于是，她把一切忧虑、顾忌抛到了九霄云外，放开脚步飞速往楼下追去，亮开清脆的嗓子喊道："等等！"……

三张汇款单

这是发生在 20 世纪 80 年代中期的事。

家乡一个村支部书记登门,两瓶洋河大曲和一串大螃蟹便亮在我全家人面前。肯定是有事求我!

我在县文化部门从事专业创作,无职,无权,而常常耳闻目睹一些使人愤愤然的事实,出于义愤和责任感,常写些针砭时弊的文字,总怀着要致力使黄河变清的天真激情和决心,还让一位画家朋友画了一幅墨竹,自题"超凡脱俗",挂在客厅里自勉自娱。然而偶尔回乡或乡人登门闲聊,一听某某人在县里当了什么长,有权,肯帮人忙,见言者有仰慕恭敬神情,心头又莫名地隐隐生出一点自度不如的不适感,有一种在外没混出个人样无颜见家乡父老的沮丧心情。

有时也有乡人问我:"你在县里工作人头熟,我家儿子要从贵州调回来,你能不能帮忙说说情?"有求者不外乎旧时邻里街坊或早年的熟人,总是要说许多确能令人同情

古　玉

的困难，有的甚至会落下几滴眼泪。我天生心肠软，毕竟在县里工作，也怕人误认为"人一阔脸就变"，看不起乡亲故人，还有要趁机让人看看，不是完全可以小觑的人，往往答应：帮你说说看。

凡是找我的，大凡是没有当权的亲朋或熟人，是没有靠山的草民，我能帮他们说情，其实也有点"拯民于水火"的大义。我在县级机关工作近二十年，多少有些眼睛碰鼻子的老熟人。加上这几年出了些作品有了点名气，常被人戏称或尊称为"名人"，到有些部门去说句话，人家有时也会给几分面子。人家办成了，常表示些口头的和物质上的"谢意"。有不忘恩负义者，在家乡他们的熟人中为我歌功颂德。有一次我回老家探望老人返城，在家乡小镇车站候车，口渴要买杯茶吃吃，摆茶摊的老太竟不肯收我的钱。我并不认识她，不知她为何这般。当我喝完茶离开茶摊时，她对旁人说："这人可是好人，家乡人有难处去找他，他总蛮帮忙。"我听了，比喝茶还煞渴爽心，仿佛感到自己浑身散放着一种光彩。

每回帮人忙，人家总在事先上门带礼品表示"意思"，多少有刺激我办事积极性的意图，往往比事成后酬谢态度更恭敬虔诚坚决，像到茅山道观去烧香拜神的信徒。当时我内心会不知不觉产生居尊受朝拜的慰藉。然而，对于或鱼虾蟹或烟酒或鸡鸭糯米等礼物，特别是事前送来的，或是事后酬谢的，代价又大一点的，便有一种不安感。

我自觉得该算重名轻利的君子，可是人家不送来，我又会有些觉得对我不尊不敬；送来了，我会感到自己不该入俗，推出门让他们带回去，也就等于受了敬，也满足了。有些时候，因推礼物，费了全身力气，费尽口舌，出一身黄汗，比起那些存心想捞油水贪欲大的掌权者，便不无高尚者的自豪。也有时送来的是鲜货，如鱼、虾、蟹，又在大热天，人家从乡下送来，已熬了几个小时，再硬推让人家带回乡下，怕要发臭糟掉，只好留下吃，买一点城里糕点、糖果以作为回礼。

这回又是蟹！只只口里吐着泡泡，无数只脚在划动，发出窸窸窣窣的响声。这位支书若无其事地往灶屋墙上的挂钩上顺手一挂，把酒瓶往饭桌边一放。还没说要送你，你自然不能提及。他在客厅坐下，说了他要我帮忙的事。因为这位来求助者不是平头百姓，这更抬高了我的身价。嘿，别看你们在乡下那一小块地方占地为王，吆五喝六，但还是有事要来求我！我自量不至于一无可能，便答应尽力。

他临走时只当没那回事，无疑是礼尚往来内行。我不能不客气，拦住要他把东西带走——完全是真心。事办了，受点无足轻重的谢礼还说得过去,但是没办就收,万一忙帮不成,吃了人家的东西会卡在喉咙口。

可是,这位支书是铁了心的,不管你怎么推,他就是不肯带走,说是"凭我们之间的交情,你不帮忙,带这点东西来让你吃吃也应该的嘛!"

我说:"你不带走我就不帮这个忙。"

他说:"你不帮忙我也不会再带回去遭难堪。"

我拎着蟹和酒和他推来推去,手抓手掰,手上都让他指甲划破了皮,汗冒一身,精疲力竭直喘气。蟹是鲜货,当真让人家带着东西回去也不大妥。只好留下,以后再说吧!

如今我每月工资只有八十多元,已算社会上中等的收入,但大螃蟹二十来元钱一斤,自家平时是不会舍得去花钱买来品尝的。这年月自家餐台上能有蟹吃,可是了不起。

这蟹只能吃了,我便让还在念初中的二儿子阿良帮他母亲洗刷螃蟹,煮了中午尝鲜,二儿子却有点不乐意,我忙问为什么。

"这送蟹人托的事,你有把握办成不?"阿良低声咕哝着。

"我怎么说得准呢?"我心里有点不踏实,"这不用你管。"

"那这蟹也不关我事,我不要吃。"

我真不知儿子怎么这么别扭,偏偏戳我痛处,想冒火,妻子过来调解,吞吞吐吐说出了原委。

上个星期天上午,阿良和住在对门的同学大军在楼旁过道上打羽毛球,两人歇口气时,大军自恃爹是一个局的副局长,吹起他家中常有甲鱼和野鸡吃,说是人家送来的。阿良也许是有一种受辱被鄙的感觉,也吹嘘说:"我家也常有人来求我爹帮忙,也有人送过甲鱼、野鸡、鱼虾。"谁知大军带着讥笑的口吻说:"你爹算什么,捏根笔杆子,能有什么噱头?有一回你家老乡有个大妈要落实当年下放的政策办个老保,你爹答应帮她去说情的,人家送了你们家十斤糯米粉、五斤鸡蛋,还没办成。白吃人家的!"阿良像自己受了侮辱,就和大军打了起来……

妻子说,幸好当时她去商店买酱油回来碰巧撞上,才阻止了两人的一场火拼。

我像受到雷电的轰击,引起剧烈的震动,不由得回头看看墙上挂的那幅墨竹,那水墨淋漓的竹竿竹叶似有倾侧摇摆之势。再看看用草绳系成串的大螃蟹,那百十只尖尖的蟹足窸窸窣窣划动,记记搔在我心头。也是,我有时答应帮人忙,有办成的,也有办不成的。办不成的,吃了人家的东西,有时也疏忽没顾上回情,这就欠下了债。我这种为人说情的帮忙，究竟在把自己塑造成一种什么样的形象？再细细回想，有时去哪个管事的部门说情，人家虽没有冷落你，眼里总好像隐隐闪有点疑虑的光，如今看来，那眼神也许在说：你说情我们办了，你得好处！这几年，我帮家乡人说过不少次情，作为一个想主持正义说公道话的作家，我究竟该得到什么？又得到了什么呢？我脸红了，需要修正我在家乡人——不，在所有人心目中的形象。那位大妈一袋糯米粉、五斤鸡蛋是压在我心头的重石，我必须搬开。

当晚，我细想想作了回顾，除了那大妈，另外还有一位老乡的事我没能帮成忙，加上今天来的这位支书的事还没办，共白吃了人家三次东西。我征得妻子同意，照欠的人情债折算成八十元钱，分别填写了三张汇款单，同时由邮局汇往家乡。这个月，家里的生活费是要拮据了。但当我从邮局拿到三张汇款单收据时，心里感到说不出的轻松和痛快。回到家再看看墙上的墨竹，觉得它无限潇洒、清雅、飘逸。

我想，要当好一名真正的作家，得重新从做人开始！

晚上又有酒宴

他钻出轿车，走进政府大楼二楼自己的办公室，看了看表，已是下午三点二十分，照机关规定的作息时间，该算迟到一小时四十分。

都是刚才午宴，没完没了的礼貌话、客套话、应酬话，各种名义各种理由的敬酒罚酒，不知不觉耗去三个小时。好在是陪前来横向联系的外客，礼宾活动，是名正言顺的工作；要顶真论还好算加班加点呢，没有人会认为他这个当副市长的上班迟到。只是值班秘书已在他办公桌上添了一大沓文字材料，有上级下达的文件，有待签发的文稿，有下属各条线的请批报告、工作计划、情况汇报，有来访者的留条和人民来信……加上隔夜积压下来的，堆得足有三寸厚。他是急性子，遇事喜欢及时干脆地了结，极忌拖拉。眼前这沓材料犹如一座大山，重重地压迫着他的神经。他想抓紧时间阅处。

拿起头一份，真见鬼，上面的文字都远远地隐去，变得模模糊糊，似在跟他眼睛捉迷藏，指缝间的香烟燃掉了大半截，他竟没看清是份工作汇报还是请批报告，头脑里依然是一片蒙蒙白雾，上下眼皮直往一块黏。唉，是那一杯杯下肚的酒在捣蛋。

不过他没有醉到要呕吐或脚起飘的程度。他走到屋角脸盆架前用凉水撸了撸脸，好舒意，干脆连头都浸到水里泡洗了一会儿，感到脑子清醒了许多，眼皮也轻了。重新坐下刚拿起那份材料要看，台上电话嘀哩哩哩响了。这时他极怕外来干扰，但又不得不拎起话筒——知道他办公室电话号码的都不是平头百姓。看，对方是一个局里资格很老的局长，要求马上赶来向他汇报工作，问他有没有空。他决不愿让对方这时来占用他阅处文件的时间，却又不便冷落对方，只能撒谎说："这里正有三四个人在和我商量工作，抱歉，隔天一有空我主动约你……"

他处理好头份请批报告，拿起第二份才看了一页，门被推开，值班秘书小陈走了进来。小陈汇报说："刚上班时公安局有电话来，说省公安厅有个副厅长来视察，他们晚上在宾馆设便宴尽礼节，要请您出场去作陪，我说你不在，叫他们四点多钟再联系一次。"

晚上又有酒宴！公安局也是他分管的一个条线，要他出场陪客也是原有惯例。当副市长一年多，分管九条线，被各条线各种名义的宴请缠得着实有些厌烦。此时此刻，他还没有从酒的折磨中完全解脱出来，很有些反感。何况最近已开始抓廉政建设，正在制订本市的廉政制度条文，他必须自觉带头开始纠正这类不良的吃喝风，也正希望自己能随整个风气的扭转而从酒宴的纠缠中解放出来。他带着厌烦情绪说："他们怎么还不考虑形势变化注意点影响！如果再来电话，你就回绝他们说我没空去！"秘书小陈应着转身要走。他忽然意识到自己说话口气欠妥。他从电大校长提升到如今这位置上毕竟时间还不长，所分管的部门是自己的台柱子，不能不注意和他们的关系。即使他们在这些方面有些偏差他要指出帮助他们纠正，也必须采取适当的方式方法。他忙喊住小陈，心平气和地嘱咐："他们再打电话来，你就说我下基层单位了，晚饭前不一定能回得来。"小陈走后，他怕再有人有电话来打岔，就捧起大沓文件离开自己办公室，躲进小会议室。

当初上任当副市长时，他就告诫自己要保持一个受过正规高等教育的领导干部应有的风骨，努力为市民办点实事，决不沾染官场敷衍、拖拉的恶习。这时凡是要求合理的报告，他都果断地批字同意解决。不到两个小时，他就阅处掉大半文件，见待处理的一边减少了许多，心里油然感到几分轻松，也有几分尽了点神圣职责的自我安慰。

古　玉

到下班吃晚饭时间，他并不觉得饿，不打算回家就餐，想加个夜班把公文全部处理完。不过不饿也要到机关食堂去趁开饭时间买一点什么，以防到饿时又找不到东西填肚。副市长亲自到集体食堂排队买饭菜——他经常这样，曾在机关干部中产生良好影响。

他拿着自备的饭盒、筷子经过值班秘书办公室门口，正好遇见小陈从食堂打了饭菜迎面走来。他不由得想起公安局来电话邀请他赴宴的事，便问小陈："那边陪客的事你给我回绝了吧？"

小陈说："他们后来并没有再来电话所以用不着回绝。"

没有再来电话？他感到如释重负。买了饭菜端回办公室的路上，他走着走着，忽然又想起小陈刚才回答他的话，不知怎的，心头隐隐生出一丝不适之感：他们还没有知道我不打算去，怎么会不再打个电话来？……

"长三分"

"啪",一支过滤嘴香烟落到他的台子上,他一抬头,眼前是公社工业办公室会计老尹笑眯眯的脸。他以为老尹是敬别人的,转过脸,站在他旁边的前任门卫李老头儿却装作没见那支烟。他回转头,一只气体打火机冒着长长的火焰,伸到他面前。

他算什么角色,配受菩萨反敬的香火?嘿,说来见笑,文化、口才、力气、个子都次别人一等,捏了十五年扫帚柄,调来当这家具厂门卫,这是头天上任。捏扫帚那么多年,连最劣质的"勇士"牌都没人敬过他一支,今天,嘿……

他一惊,魂飞魄散;一喜,神志昏然:平日人们大都吸没有过滤嘴的烟,看,这烟竟是上海产的"凤凰"牌,多一段过滤嘴,比我平时吸的"劳动"长出一截呢,人称"长三分",吸这种烟的人比常人长出三分呢!……他两指夹起它,激动得直颤抖:嗨,出娘肚皮头一回!……他衔着它，弓起身子，凑近了打火机——嗯，不对！老尹是何等人物，公社工业办公室会计，我有资格受他敬"长三分"的？可是眼前分明已经敬了……哼，老婆常取笑我，说我是男人中的等外品，说嫁给了我懊悔一百世，这长三分可是尹会计敬我的，我不能点上吸掉，得把它带回家让她开开眼，看她还敢再说我比人矮三分？

他把那名贵的香烟夹上了耳朵，大脑旁犹如安装了一只微型兴奋发动机。为表示还礼，他给尹会计让出了自己坐的椅子，倒了一杯开水。

老尹没坐，也没喝水，笑眯眯地拿出一张货物发票请他过目。

这是他头天上任接到的头桩公事。他看看发票：方木三十根，价格三十元。他又望望窗外停着的板车：方木足有五十根……

他眼花了，"长三分"和老尹的脸交替晃动着……

啊，这香烟……？这脸……？

是的，去年深秋的一天，他打扫厂门口的大道，见老尹在门外跟当时的门卫李老头儿低声说话。老尹抽出香烟敬李老头时，误带出一支掉在地上。他扫地扫到那儿顺手捡起："唷，长三分！"不由得放到鼻子下闻闻。就这时，却有一只手伸过来把烟夺了过去。他一抬头，见到一张侧视他的脸,那眼神分明在说:"你也配吸这种香烟?嗨,还矮了三分!"可不是,那时他手里还握着扫帚呢……

那,也是眼前这张脸,也是耳朵上这种香烟!

他脑子里一下多了个"过滤嘴":尹会计这支"长三分"究竟是敬的我这个人的,还是敬这张门卫的椅子的?

他终于滤清了:要做真正的长人,不能靠坐这张椅子!于是,他取下耳上夹的"长三分",送还到尹会计手里……

气门芯

林枫找对象遇上了一个有眼缘的姑娘,约好今晚见面。手表指针已到预定出发的时间,林枫便到单身宿舍楼旁的车棚去推自己那辆沪产26英寸黑"凤凰"自行车。

打开车锁推着豁上车,前轮却犟头倔脑的。要命,前胎瘪了——气门芯让哪个缺德的拔走了。林枫已不止一次遇到过这种麻烦,往常只要推着车出大院走十来分钟到车铺配上就行。今天，约会万万不能迟到，这十来分钟怎么耽误得起！林枫急得浑身泛出一阵燥热。这次拔气门芯，林枫就看作贼偷，而且比偷彩电音响还可恶。

燃眉之急如何解？林枫一无他法，念头一转：娘的，人家能拔我的，我不能也拔别人的吗？林枫把车推回车棚，看看四周没人，心虚地将手伸向就近一辆"飞鸽"前胎的气门芯。林枫一拧，"噼"的一响——那轮胎里气还真足！林枫的心像被什么猛击了一下。

林枫把气门芯拧上了自己的车。车棚边有只用铁链系着的公用打气筒。林枫正要推车过去打气，又有个理着小平头的年轻人来推自行车。小平头也是这楼里住的单身汉，跟林枫不在同一部门工作，不太熟，平时见面只是点个头。

小平头的车竟正是那辆"飞鸽"，一推车便叫嚷："谁缺德，把我车上的气门芯拔掉了！"

真是见了鬼了，竟这么巧，偏叫他碰上。林枫遭害的愤恨一下子荡然无存，只有心虚了。这时可不敢给车打气，打气等于向小平头招认自己是"缺德的"；若推着瘪胎车另寻气筒打气，又得误时，真是尴尬极了。林枫为了掩饰，只好咬着牙应和着："也是，我的车也被拔过几回了。有些人就只图自己方便，不惜给别人造成麻烦。"林枫巴望小平头尽快推着瘪胎"飞鸽"离开去另想别法，当然不能待着硬等，便假装车有毛病，一会儿拧拧铃，一会儿扳扳刹车，磨蹭着。

小平头却没有马上走的意思，稍愣了片刻，也在自己车上这儿摸摸、那儿弄弄，没完没了。林枫明白了：小平头也在等自己先离开，十有八九也想拔别人车上的气门芯。

成僵局了，可死棋还得想办法走活。林枫灵机一动，一拍脑袋："哎呀，钱包忘带了。"说着锁上车，匆匆离开了车棚。

林枫刚走到宿舍楼底层走廊口，车棚里就传来"噼"的一声，很刺耳。

不一会儿，小平头就骑着那辆"飞鸽"飞驰而去。

林枫给车打足了气。骑车赶往公园约会的路上，两脚机械地蹬着，车远不如平日那样驰骋得轻松酣畅。林枫心头老搁着那小小的气门芯：头一个偷拔的人无非因为自己车胎气门芯上橡皮管破了，就到别人车上连气门芯拔下，被拔的人也就拔别人的。一条橡皮管才一毛钱，人们怎么就不买些带在身边备用呢？他们不会想到，关键时有可能造成多大的祸害，譬如，假如今天他林枫不拔别人的气门芯，而是要赶到街上去买了再打气，这头次约会准得迟到，说不定那姑娘就会因此"拜拜"；假如自己是医生，要立即赶往医院去抢救垂危病人，后果就更难设想了。林枫有切肤之痛，不能容忍这种可恶的连锁反应再延续下去，打算明天花 10 元钱买一百条橡皮管，用塑料袋装着挂到车棚的钢管柱上，再挂一块硬板纸的公益告示牌。

林枫赴约迟到了两分钟，诚实地向她申诉了出发时遇到的麻烦，坦白了自己的不妥行为，说出了要制止这种麻烦再发生的打算。林枫得到了姑娘的颔首理解和微笑鼓励，约会竟意外地特别富有情调，也有特别好的效果。

第二天，林枫以实际行动兑现了诺言之后，他的车好久没让人拔气门芯，也好久没有听到有人叫喊气门芯被拔，每天到车棚停车推车，总不由得自豪地朝自己挂在钢柱上的塑料袋和"公益告示牌"看上一眼，心有小乐。

三个多月后的一天，林枫又一次要赴约，又到车棚取车，竟又听到有人叫嚷："谁缺德，又把我车胎的气门芯拔了！"

怎么还会有这种事？林枫满怀惊疑抬头看看车棚的那根钢管柱，塑料袋和硬板纸牌子分明还赫然挂着。他走过去将手伸进塑料袋摸了摸，里面的橡皮管似乎已经少了些。为什么还有人拔气门芯？哦，是那被拔的车被密扎扎的车围在里边，离这挂塑料袋的柱子远了些，取橡皮管还稍许有点不方便。也许就是这原因。

林枫望着塑料袋和硬板纸牌子，不由得苦笑着摇了摇头。

"蛮深的"

J省文学月刊收到一位名作家的一篇小说稿,上了年纪的编辑老郝反复看了三遍,始终看不出有什么精妙之处,定不出优劣,他不敢轻率处置,为了慎重起见,递给了坐在对面的年轻编辑小许:"请你再看看。"

生着大脑袋的小许认真看了一遍,不声不响地把稿子递还给老郝。

"感觉怎样?"老郝忍不住催问。

小许沉思了一会儿,吐出三个字"蛮深的"。

老郝糊涂了:深的文章我也读过不少,这篇……?不过,他不敢怀疑小许的感觉。人家虽然尚未满而立之年,可是本身是作家,一直在写小说,大脑袋灵敏得出奇,不论小说创作发展怎样快、出现多少新套新招,他都能随时跟上趟、随时翻新,发表过不少中短篇小说,还获过奖;平时审稿写意见也别具风格,总只是极简要的一句话:或"这篇稿子不错",或"这篇稿子有点意思",或"这稿子不行"……这"蛮深的"三字倒和他平时写的审稿意见格调完全一致，本身的含义也许就蛮深的……

老郝只能把稿子往上送，让二审定夺。

负责二审的小说组长老胡看过了，特地把老郝找去："你是什么看法？"

老胡说："我吃不准。"

"给小许看过没有？"

"看了，他说蛮深的。"

老胡其实也"吃不准"，他想如今正提倡"朦胧""含蓄""隐晦""空灵"，这些可是玄妙的境界，小许接受新东西快，看法不会错……他拿出了主观意见："我也是这个感觉。"

二审通过了。老郝心里还不踏实，把稿子送给主编老杨时，如实汇报了前两审的经过。老杨接过稿子，沉吟了一会儿，随即又还给了老郝："这老头子的东西我不看，你们看过就行了。"

为了尊重同事，老郝也就不便再说什么。

名家新作，又是"蛮深的"，理所应当排在头条位置。出刊后不久，却接连收到好些批评信，有读者的，有文艺评论家的，说头条小说是敷衍成篇，不知所云，质量太差。

主编老杨感到压力，不得不重视，特地找了刊物读了那篇小说，也觉得确实差劲，就来到小说组责问道："当时我相信你们，你们怎不仔细看看？"

小说组长老胡把目光投向责任编辑老郝。

老郝低下头，抱屈说："小许说'蛮深的'嘛。"

小许大脑袋一歪，理直气壮地说："我并不是说它含义深刻，我的意思是它的内涵我看不出、弄不清。当然，我也不能武断地说它不行嘛。"

看来谁都不该承担责任。主编老杨不愧是一刊之主，作出了科学的、公正的、合理的结论："哪家刊物都难免看错稿子，只要大家今后注意些就是了……"

所有人都无话可说了，唯有老郝耳边久久回响着三个字："蛮深的"……

房产证没有出示

五十八岁的画家宗希彦，小孙女静静已从幼儿园毕业，要上小学一年级了。

古　玉

　　小学贴出了新生入学报名的通知。宗希彦的儿子云泽特地向单位请了半天假，同着静静，带着户口簿和幼儿园建的"档案材料"，赶到按住址划定的小学去报名了。

　　宗希彦对小孙女非常疼爱，不仅是因为隔代亲，还因为小孙女特别讨喜。小姑娘脸蛋生得俏丽灵秀，皮肤白得被熟人们称为"米粉团子"；她性情脾气也好，文雅娴静懂礼貌，一点没有当今独生子女中普遍存在的"小皇帝""小公主"习气，经常受到熟人甚至生人的称赞。小孙女去学校报名，当爷爷的很兴奋、很激动，仿佛是自己回到童年头次去报名入学。他等待着静静捧着课本或者能标志小学生的什么回来，盼着看到她从幼儿一下幻变成少年儿童，就像蚕花姑娘盼着见到蚕卵变化成蚕宝宝。他油然回想起年轻时曾经读过一首小诗：

　　　　小松坡上栽，

　　　　园丁爱心催。

　　　　他年高百尺，

　　　　好做栋梁材。

　　那时他还在学校任教，曾按这诗意作过一幅画：小山坡上一棵参天劲松旁，一位老人和一个七八岁的女孩在栽一株小松树。当年那幅画早已佚去。这时，他竟涌起一股将它重新画出来的激情，便铺下宣纸，执起笔，蘸墨吮彩挥洒起来。

十点多钟,宗希彦正兴致勃勃作着画,电话铃响了,是儿子云泽用学校附近的公用电话打来的:"报名的人多,排队好容易轮上,却不给报,说是还要房产证。叫妈马上把我们家房产证送来,我在这儿等着。"

宗希彦大惑不解:"怎么要房产证?"

"大概是要核实我们家居住的地段。"

宗希彦原本的兴奋被一下荡涤干净,心里猛升起一股受刁难的气愤。他三十年前当过小学校长,知道每所小学有规定的施教区,是按就近入学的原则定的。这次静静入学,早在放暑假之前,这所小学就派了两名青年女教师,按幼儿园提供的应届毕业生情况,到宗家来走访过,查看过户口簿,核对过出生年月。住在哪里,不仅在户口簿上写得清清楚楚,两位女教师也实地看过,现在还要核实什么?再说,户口簿是公安机关签发的,是最原始、最权威的凭证,已两次出示,竟还不作数?宗希彦对如今的学校找窍门赚钱的各种高招早有耳闻,譬如说孩子户口不在本施教区,要上学就得交一笔可观的"借读费"。他原就反感。城市优惠出售公有住房,是近几年分批进行的,还有相当数量的人家没有买下,是租赁居住,哪有房产证。学校又以房产证设卡,无非又是挤点机动名额出来"拓宽经济，开发渠道"。宗希彦真佩服如今这些灵魂工程师们，智商都高得出奇，创造性令人惊叹，竟这般善于将神圣的义务转化为征敛的权力！他家有房产证，但他的心灵对这种权力缺乏承受能力，受到了强烈的刺激，不愿拿出去向学校展示。他对儿子说："你先带静静回来，等我下午亲自到学校去问个青红皂白。"

这时，原在忙着烧午饭的老伴早已关切地来到他身旁，从他手里夺过电话对儿子说："你们别回来，我马上把房产证送去。"她挂掉电话，随即到房里去找房产证。

宗希彦急忙拦住她："不，你别去！"

"我们家有，让他们看看不就完事了！"

不，宗希彦心理上绝不能接受。他出版过个人画集，也出过艺术理论专著，出国办过个人画展，是这个中等城市里唯一评上教授职称的名画家，常爱对一些社会现象做点思索。他记得自己当小学校长时，每个教师都懂得招收施教区内学龄儿童上学是自己的责任，有不上学的孩子，都得找上门去苦口婆心动员上学，还要帮助孩子和家长解决些实际困难。如今有关教育法规增加了许多，包含的意义比当年更丰富、更深远，学校收费却比物价上涨的幅度还要大，学生和家长被新规定"将军"的传闻不断。他过去只是耳闻，这回可是亲身感受。他越想越愤慨，对老伴说:"再说一遍,别去,你要送去,就是甘心丧失我们应该捍卫的权利!"

"你别大惊小怪好不好?"

"什么大惊小怪!"宗希彦情绪异常激动,"国家以法律规定实施九年制义务教育,是为体现社会制度的优越性。九年的头一年刚开始,他们就用房产证卡住孩子不让报名,是侵犯孩子的受教育权。房产证是我们拥有财产权的标志,即使执法部门的人员要看,也得先出示执行公务的证件;他们借孩子报名硬逼我们送去给他们看,就是对我们财产拥有权的侵犯!"

"你真会上纲上线!"老伴还是不以为然。

"这个纲和线应该上。想不到这些道理,就不懂什么叫权利,是愚昧无知;能想到却懒得作出反应,是麻木!"宗希彦越说情绪越激动,声音都颤抖了,"下午我去找他们,若议论不出结果,就到法院去告他们!"

"你,你头脑竟发热发到这种程度!你真上法院,人家准得说你神经不正常。"老伴没好气地说,"退一步说,就算你这是正理,法院里的人就没有孩子要上学?他们会为这点小事而对学校怎么样吗?"

"这更加可悲,叫人忍无可忍!"宗希彦就是这脾气,越是拗他,他就越强硬,"区法院不认真办,就上市中级人民法院,再不行,就找个记者通过新闻曝光!"他大有不获全胜决不收兵的决心。

"你这么做,即使赢了,我们家小静静还想再在他们学校安安稳稳上学?"

这可是归根结底的问题!宗希彦情绪的快车撞到了坚墙上,心头猛地一震,他语塞了。是呀,小静静这么纯洁,这株嫩芽可经不起摧残啊……

老伴趁他发愣,拿着房产证出门了。

宗希彦感到浑身仿佛被千万道无形的绳索缠绕着,动弹不得。他再也没有心思作画,坐到沙发上,点燃一支香烟,使劲吸着,重重地吐着一口口烟雾。他是市政协委员,曾多次通过政协会议呼吁过"要加强对教育的投入""要提高教师待遇",也为贫困地区"希望工程"捐过款。这时,他思路乱了,他那些为教育呼吁的举动与学校这些创造性之间究竟是何种关系,一时无法厘清。他只能无奈地叹息。

一支香烟刚吸完,老伴、儿子带着小孙女回来了,小孙女捧回了新课本,儿子说:"报上名了。"

按照学校的路程与时间推算,老伴显然还没能把房产证送到学校。宗希彦大为诧异:"这是怎么一回事?"

儿子云泽说:"我放下电话走进校门,遇到了一个我初中时同班的女同学。她在这小学当教师,陪我们去找那负责新生报名的老师,她介绍说静静是您的孙女,那老师就让报上了,还挺客气。"

"她们知道我是谁?"

老伴笑着调侃说:"名画家宗希彦,报上常见名,电视里常露面,人家能不知道,你这样的名画家会没有房产证?人家还用得着看吗?"

一丝自豪感在宗希彦心头升起。房产证没有出示,人身权利得到了捍卫,又没有伤学校的感情,倒也解了一结。唉,如今这年月,也认真不得。他原本那股义愤伴随无奈悄然消退了。看看小孙女,她正在往新书包里装新课本,身上仿佛在散发着清晨的霞光,照得满屋五彩缤纷。他忍不住搂过她使劲亲了几下,随后豪爽地提起画笔,又开始继续完成"小松坡上栽"的画作,画笔蘸着饱含激情的五彩,在宣纸上纵横驰骋起来。

"其实,这名人效应有时也有与权力同样的作用。"儿子云泽似乎很有几分优越感。

宗希彦的心却被锤子猛击了一下,手中的画笔在画面上方定格……

古 玉

怪味瓜子

生产科大扫除清理出一批废纸，大家公推勤快的小王送到废品收购站，卖得二元二角四分钱。这点钱怎么处理呢？经过大家讨论，作出了决议：买点怪味瓜子，大家嗑嗑，小乐一下。

"谁去买？"科长提出了一项议程。

屋里一下变得鸦雀无声。

也难怪，厂子坐落在市郊，到市区食品店，自行车两个轮子还得滚上好一会儿呢，何况外面正寒风刺骨。科长当然不会轻动大驾。他的目光反复巡视着，在戴眼镜的女会计脸上稍稍停了一下。

女会计立即作出反应："叫我们女同志去赶路总不合情理吧！"紧接着引起连锁反应：有人说正感冒，有人说腰痛，有人说不会骑车……唯有小王一声不吭。

科长苦笑了一下，目光转向小王，似乎很过意不去："只能再辛苦你了。嘿嘿，这是为了大家服务，大家也会认你情。"

小王本来就容易被差遣，虽不乐意，却不好意思推辞。临出门时，女会计特地追上叮嘱他："七个人，每人一包瓜子三角钱，三七两元一，还余一角四，就买一分一颗的水果硬糖，正好每人两颗。"

市面上正风行有奖销售，小王到副食品公司买的怪味瓜子意外地得了两张对奖券。他回到科里，笑着对正在品尝怪味瓜子的同事们说："这对奖券可得作为我的跑腿报酬啦，兴许还能碰上好运呢！"

同事们有的用打趣的口吻表示了同意，有的懒得介意，也默认了。

不久，机修车间一个青工抄到了公布的对奖号码，正好被小王看到。小王想起意外获得的对奖券，就也用纸转抄了下来。回到办公室取出对奖券一对，正巧，其中一张编号为41586的，竟对上了二等奖，奖品是一千多元的14英寸进口彩电一台。还不光是得到这个金额，这年月，进口彩电还得凭票供应，票可不是容易得到的。小王十分欣喜："看，跑腿能交这么大的好运！"

同事们又一下都陷入沉默。好一会儿，女会计终于尴尬地笑着开口了："你一人独得，怕不大合适吧！买瓜子的钱可是公处的，大家有份呢！"接着还有好几个人附议，态度都很明朗。

"当时大家同意给我的,现在又反悔!"小王很气愤,"哼,我可不管!"

素善做思想工作的科长给小王递上一支"大前门"香烟,耐心地说:"你还是冷静想想,即使当时大家同意奖票给你,如今得了价值一千多元的彩电,你独占了能心安理得吗?年轻人,可不能让利欲迷住心窍,该多想想大家的利益呀。你要彩电也是可以的。我看,还是把它的价值一分为七,你拿出六份的钱,这样,你还净得一百五十六元外快呢。另外还多得了买紧俏商品的券,作为报酬,也不算低啦。大家还是通情达理的,都会同意。"

科长裁决英明,理能服人,得到大家拥护。小王看到一双双紧盯着的目光,感到了一股难以承受的压力,只好投降。

共同利益,大家都很关切,下班后都跟着小王一道赶往副食品公司领奖。天正下着小雪,刮着寒风,谁也没叫冷和累。而小王却觉得像让人当罪犯押着,浑身难受。

到了领奖处,负责发奖的一看对奖券,却说号码不对。大家簇拥着小王到公布号码的牌子前细细一看,二等奖是两个号码,有一个跟他们对奖券相似的,是41580。小王拿出自己抄的号码对了对,想了想,肯定是青工抄写的末尾那个"0"误出了点头，他错看成"6"抄下了。

一个好大的空心汤团！同事们一个个都耷下了眉毛，神色颓唐，唯有小王反觉得浑身轻松了。那曾经分得的一包怪味瓜子还有一半，他不由得捻一颗放进嘴里，嗑着、品着，这才品出怪的真味。

"锯子"和"斧子"

临湖大队党支部书记姓张，还不满三十岁。

公社党委书记也姓张，已年近五十。

小张遇事喜欢大刀阔斧，一砍到底，得了个外号，叫"斧子"。

老张处理问题总要细细琢磨慢慢来，也得了个外号，叫"锯子"。

小张和老张老是碰不拢头。

就说去年秋后吧，报纸上常报道外省一些地方搞土地联产责任制的经验；本地的上级党委却下了个文件，说本

古　玉

地区情况与报上说的那些地方不同，不宜分田包干。临湖大队第五生产队队长李有根竟自作主张，领着社员分田，跟文件唱对台戏，支书小张便亲自去找李有根劝阻。他连去三趟，嘴里说出了血腥气，李有根只当耳边风，照分不误。这股风如果刹不住，各队都会跟着上。小张牙一咬，决定狠砍一斧头，杀只鸡让猴子们看看，就召开了支委会，一讨论，写了撤销李有根队长职务的请批报告，送到了党委书记老张手里。可是报告一去五天，如石沉大海，又有几个队的社员盯着他吵，要分田，闹得他没手摁跳蚤。嗨，这老张书记，真是把钝齿锯子！

他便骑上自行车，亲自赶到公社党委去催要批复。

上公路没骑多远，一辆汽车从他后面过来，一下超了他的前面。他不由得倔劲骤生，两脚拼命蹬起来，紧跟上那汽车。哪知道快到公社时，汽车遇着一位横穿马路的老人，来了个急刹车。小张因为骑得实在快，离汽车又近，连忙刹车都没来得及，跟汽车屁股接了吻，连人带车栽进了路边的水沟，额上擦伤，车也摔坏，还弄得浑身是泥水。这会儿，他的心几乎要像炸弹那样爆炸。他咬紧牙，忍着痛，一肩把自行车捎到了公社，他把车一搁，一头冲进了书记办公室。

党委书记老张下乡刚回来，风尘仆仆，准备洗脸，拎着热水瓶，正要往盛了凉水的脸盆里掺倒热水，一见经过特殊"化妆"的小张支书，微微一震，接着就关切地问："怎么弄成这个样子？"

小张气正足，火正旺，劈头就是一斧子："就是你这钝齿锯子，拖得我浑身塌了一层皮！……"紧接着，他又一连"砍"了不少下。

老张挨了斧子，还是笑眯眯的，反而亲热地拉着小张的手臂："别火，别火，先洗个脸，我再去拿套衣服让你换换。"

小张狠狠甩开老张的手，嚷道："我啥也不要，只要你马上答复，那份处分报告到底怎么说了？"

老张始终笑眯眯的："你不洗脸，不减火气，我就不给你答复。"

小张的斧子尽砍在棉花包上，使不上劲，只好接过毛巾。老张可算得个体恤下级的好领导，提过热水瓶，忙往盆里给小张加热水。他倒了一点，手伸到水里试了试凉热，又倒了一点，手又试了试，又要倒……小张忍不住夺过热水瓶，爽快地往脸盆里直倒。老张急忙止住说："当心烫着。"小张可根本不管水凉水烫，三两下就洗完了脸，又逼问起批复，老张还是要让他喝水、换衣，他一概坚定拒绝。

老张只好坐下谈正题。他吸了口烟，思索了一会儿，慢悠悠地说:"撤人家的队长职务怕不行吧!"

"啊?"小张的眼珠子几乎要当枪子弹出来,"他对抗党的文件、破坏集体所有制,性质这么严重,要往前几年,坐牢也够格,你拖了五天没答复,原来是护着他。你分明是配合他,上下给我上夹板,是逼我甩下这顶支书的纱帽!"他火气如雷,嘭地站起,撞动了桌子,把桌上的热水瓶、杯子震得直摇直晃。

老张急忙丢开烟头,一手按住热水瓶,一手扶住杯子,把它们转移到墙角的安全地带,回头笑着说:"看你,尽冤枉人,你耐心听我说……"

小张再也不愿任老张慢慢"锯"下去,打断了老张的话,发出了最后通牒:"别说了,你要我当支书,今天就把那份报告批下去,要不,明天一早我就用辞职报告来换那份报告!"说完就倔出门去。

老张愣了一下,随即又追上去拉住他:"慢点!"他又稍微想了想,神秘地说:"我让你看件东西开开眼。"他把小张拉回办公室,从腰里皮带上取下一串钥匙,开锁拉开了办公桌的抽屉,从中取出另一串钥匙,打开了公文橱上的门锁,拉开了橱里的抽屉,取出了一只文件夹。

看,藏得这么严,哪是文件夹,分明是九龙杯,像怕杨香武来偷盗!小张掰开它一看,夹在头里的是一份红头文件，铅印的，这比上回传达过的一份来头大得多，它肯定了生产责任制的优越性，指出："……违反当地群众的愿望，强行推行一种形式，禁止其他形式的做法是错误的……"小张看罢，呆住了。

老张笑笑说："你看看，要是依你，把人家队长的职撤了，不是要我陪你一道犯错误？"

小张不禁捏了把冷汗。他看了看文件上的蓝色长方收文印章，里面注写的收文日期说明下达已有六天，比他送请批报告还早一天呢！嘿，难怪这"锯子"停着不锯……而今，无疑要以这个文件为准了。小张可没二话，脑子随它发的"口令"，马上来了个"向后转"。这个文件执行可是顺风顺水，符合民意，也不用他去对人红脸亮嗓子。他决定马上赶回去，朝李有根道个歉，把新精神传达给大家。他正要动身，老张又把他拦住：

"看你，斧子脾气还不改，又性急揭开蒸笼让热气冒光，难道你额上撞的伤已不痛了？"

"你这是啥意思？"

老张郑重其事地说："这文件到底怎么贯彻执行，县里还没开会组织学习，公社党委还没正式讨论过，你就有数了？"他又拍拍小张肩头："小伙子，汽车在前面跑，你骑自行车跟着，要慢点，离远点呀！跟紧了，它一刹车，你就收不住，就要撞得鼻青脸肿哪！"

小张先是一愣，忽然恍然大悟。他一跺脚，冲口道："那不行！等你一层层锯到哪年哪月？既然文件下来，我得让他们早一天定心干。要怕它刹车，跟着爬最保险，那不脱节呀？我现在就告诉他们去！"说着，转身就推车。

老张追出去喊道："小张，等一等，让我们再……"

小张早已跨上自行车，头也不回地大声说："大不了撞下一顶乌纱帽呗！"

转眼小张已毫无踪影。"唉，这把斧子……"老张叹着气把文件慢慢锁回抽屉。

"梅桩"紫砂壶

要不是儿子领着觅者上门来，他几乎忘记家里还有一把紫砂茶壶。

还是改革开放初期那次回故乡，他到一少年时的同学家去串门，见老同学六岁的儿子拿着一把茶壶到水罐里舀水洒着玩。他拿过来看了看,那是把宜兴紫砂壶,造型是一节苍老的梅树树干,嘴和柄都是节节疤疤的梅枝,贴绕老树干的几根小枝缀有几朵梅花和几粒花苞,古朴典雅,当时他随口称赞了几句,主人竟慷慨地说:"你若喜欢就给你。我留着也没用,说不准哪天会让小家伙打碎了事。"

茶壶的来历就如此平常。他虽在城里文化部门工作,并没有收藏珍稀的癖好;平时喝的是绿茶,也用不上这种茶壶,只能作为一件不俗的物品保存个饰物。二十多年过去,随着孩子们长大成人崇尚时新,家饰不断增添和变迁,它便受到冷落而屈居一隅。

觅者进门先敬来良友香烟,接着开诚布公:"我要觅把紫砂茶壶,是位香港朋友所托的……"

香港?近年改革开放后,他也曾听说紫砂壶在香港引起奇热,不少有钱人求取珍品若迷若痴,不惜代价,宜兴紫砂厂有几个工艺师在香港出了名,手里出的货每把都可以卖几万元港币。这些原是耳听为虚,眼下觅者登门,可见是实。他心头豁然一亮,急于想弄清家里的茶壶价值到底如何,忙叫儿子找出来。

来者看了看壶盖和壶底两处制作者的篆字印章,沉吟片刻说:"四百元卖给我,怎样?说老实话,我还能去赚一点,不多,一百元。"

古　玉

　　值这么多钱？他月工资才八十元，真没想到天上掉下的一笔小财！他妻子儿子都望着他，眼神显然是催他答应卖掉。他心头一热，一个"行"字冲到嘴边，忽又咽回肚里：慢，此人开口就出这个价，转手肯定不止赚一百。多少？这就难料，赚个三千五千都说不定呢……他决定先弄清这壶的品位档次，就问对方，印章上的姓名是不是在香港名声很响的工艺师之一。

　　来者始终只就价论价，不回答他的问题。

　　他怕吃大亏上大当，拒绝出卖。

　　觅者悻悻而去。

　　他一时没法儿查明茶壶制作者的身价，也就没法儿确定它究竟值多少钱。他想：反正，它肯定不止值五百元。无价才为贵，要不怎会有"无价之宝"一说。家里留着一件宝物有什么不好！

　　不过，他并没有经常玩赏它的兴致，它也并不具有百赏不厌的魅力。他只能把它当摆设陈列在书柜一角。有一天，他妻给书柜掸抹灰尘，不慎失手把它掸落到水泥地上，壶身总算没破，壶柄断成了三截，宝物变成废物。

　　他心一沉，怒不可遏："你怎么的，眼瞎了！"

　　"狠啥？我又不是故意的！"妻子自卫带出反击，"那回你要是答应卖了，好得四百元钱呢，也不会有今天这事。"

183

他哑了炮。想想也是,真懊悔。

妻子捡起断柄壶要当垃圾扔掉。他好心疼、好惋惜,犹豫了片刻,从妻子手里夺了回来:"这柄,好想办法用胶水粘起来,摆着看看也好嘛!"他特地买来一支"万能胶",细心地把断柄接起来粘上茶壶。他依旧把壶放在书柜里。粗看看它似乎恢复了原样,若用心端详,柄上几条不规则的断痕仍依稀可辨。他多看几眼,心里就毛乎乎的怪不舒服:唉,终究破了相,留着它也不过是留留而已!他不再当它一回事。

时隔不久,他女儿别出心裁,把它当盆养上一小株水仙花,放在客厅里的茶几上。有个同事前来串门,先赞茶壶里养水仙真别致,接着就有发现:"难怪用它养花,柄是断过的。"

他顿时觉得有句话值得一说:"柄没摔断时,有人上门来求,出四百元我都没肯卖……"

同事说:"怪不得你要把断柄粘上,看来是把它当珍贵文物修补的哩!"

言者是否有意不可知,但他这听者却有了心:"是呀,文物、名画破残,经修补后价值依旧极高。这壶上有图章可鉴,有朝一日能证实它是出自名家之手,而那名家若是年高或去世不能再有出品,即使它断过柄,或许也能成为珍稀而价值连城呢……"

当天，他就把女儿养的水仙花移去，把断柄茶壶放回书柜里。隔天又买来一只玻璃罩把它罩好。从此他经常要走近它看看，总仿佛见它在散发着奇异的光彩，耀得满室熠熠生辉……

我的新衣

改革开放后，男人们已经开始兴穿西装，有两个同事穿上了，我也想试试开开洋荤。

人已中年，身体偏瘦，长期伏案爬格子，磨平了胸脯，填高了后背，穿西装合适吗？再说，我每月工资才八十多元，一套全毛花呢的西装得花一百多元钱，倘若只起触动人家笑神经的作用，也就太不值得。真巧，妻子工作的厂里试制了一批仿毛花呢，近水楼台，买回一块价格特别优惠的零头料子，又适逢妻子请来了做裁缝的亲戚，就缝了一套试验性的西装。我穿上到大衣柜镜子前照照，自觉得很合身，竟比穿中山装潇洒、精神，也有往常穿新衣服时那种新鲜感。凭着这感觉，我有了第二天穿着上班让同事们鉴定的勇气。

一走进办公室，五六个同事像发现珍稀似的围了过来。

"唷，这下真像个作家了！"同事大刘赞道。

"比穿中山装更有风度！"老黄也很欣赏。

"料子的颜色不错，也挺刮！"还有小周说，"比我那套西装颜色还好些。"

"这么贴身，背驼也不明显了！"

"……"同事们的评论由抽象到具体，真诚、中肯，比镜子给我的感觉更可信。我感到舒意、自在，不无孩提时那种欣喜、得意，于是说："你们都说好，我倒要下决心再做一套全毛的了。"

"啊，这不是全毛的？"大刘诧异地细细分辨着。

"不是上海去买的现成货？"老黄凑近端详着。

问话说明原来有错觉，可见仿毛仿得像毛，也表明裁缝手艺精湛；我颇兴奋，如实告诉他们：料子是十元钱一米；裁缝是乡镇来的小青年，出师门不久。我要叫他们更惊异。

"这么便宜！"大刘神情呆滞。

"乡下裁缝做的？"老黄语气平淡。

于是同事们开始重新观察、研究：

老黄把我身子掰得转来转去："到底有点土气，不过也难怪，城里裁缝做的都难上格……"

大刘揪了揪我的衣料，看看褶皱："终究没有全毛的料子挺刮！"

"针脚也粗，前襟衬得也不算平服！"

"后身下沿还有些翘呢！背驼胸平的人穿西装到底派头不足。"

"……"同事们态度都十分严肃、认真、负责，不亚于考古学家考证甲骨文。我的心又渐渐悬起，两眼触到他们的目光，浑身就不自在，仿佛觉得身上西装是透明的，显露着身子自然的真相。我头发晕了：这西装到底还能穿吗？……

我犹豫不决，下班回家又走到衣柜镜子前，反复照看着、审鉴着，却怎么也看不出土气，倒看出裁缝是按我胸背的特殊性缝制的，显得特别贴身，真比穿中山装有气派……我想，我不是带衔的人物，更不是皇帝，无疑可以听到较多的真话，然而我不能忘记，我也有感官，也有大脑。

这套新制的西装，我决定穿下去，去上班、出差、会客、游览……我深信，路人不会把它当作文物详细考证、研究。

求

她正青春妙龄，脸型五官长得端正秀气，皮肤也白净细腻，偏偏额上生有许多又粗又长的汗毛。白璧有瑕。

人们常投来惋惜的目光：看，这汗毛……

人们常在背后窃窃议论：可惜，那汗毛……

每逢这时，她浑身如有针扎芒刺，总是低下头，两眼毫无勇气与别人的目光接触。久而久之，她也似乎忘记自己有张秀气的脸，似乎只记得自己额上有可怕的汗毛。

她用剃须刀刮过，再长出来的更硬更黑。

她用镊子拔过，再长出来的更粗更长。

她怕人们的眼睛，也怕镜子，常常哀怨、恼恨、焦躁，有时甚至绝望。

一天，某大城市有家厂子在电视里做广告：他们用现代科学方法研制成一种软膏，按规定要求搽擦，能使多余毛发自动脱落，是美容之宝。她喜出望外，心头闪射出强烈的希望之光，于是不惜代价、想方设法从那大城市觅来了这种软膏。

头一回搽擦时，心想：过后再也不会让人注目、议论了！

第二回搽擦时，巴望效果好，加了点量，又想：往后，凭我这长相，准会有不少小伙子围着我转，不愁挑不到合意的对象了！

第三回搽擦时又想，巴望快点见效，又加了点量，心想：到时，凭我这容貌照张彩色相片，说不定可以印上年历画片！

……

预定的见效期到了，她洗过脸一照镜子，嘿，额上粗长的汗毛果然去尽！她欣喜欲狂。接着，她发觉自己相貌有点异样。再仔细看看，就傻了眼：

啊，眉毛也一根都没有了！

品

宗导演一天要喝两顿酒。喝到满足，会面泛微红，眉开眼笑，让人冲撞了都不介意；若是哪顿没喝上，就会紧绷着脸，连戏都不排不导，尽找碴儿训人。

我想请他喝顿酒。凭良心说，我从电影学院毕业已经四年，头回在这部农村题材故事片中担任一个戏不算少的角色，全亏他点将点上，应该向他表示一点谢意。再则我还有事求他：高中时的同学晓风写了个电影本子，是反映当代农村青年生活的，我觉得很有新意。然而要往电影界挤进一个本子，并不比登上珠穆朗玛峰容易，何况晓风是个无名的农村业余作者。我想推荐给宗导演看看。他在影坛已颇有声望，算个权威。要是让他看中，也许就能走条捷径。

请宗导演喝酒，菜倒不用太讲究，酒可必须是上等的。这几年，他尝遍国内所有名酒，哪种酒味有什么特色，都能讲出许多道道，总讲得很玄妙，还会用面部表情来形容，能使听者嘴里仿佛也品到了那种滋味。这回来太湖之滨乡村拍摄外景,和当地有关领导小聚,见有一瓶茅台,顿时喜形于色,喝了几口,就拉开滑雪衫的拉链把怀敞开,摘下绒线帽裸露早秃的头顶,站起身捋捋衣袖,举起酒杯主动找人碰杯……

我真想为他觅一瓶茅台或五粮液。可是在这陌生的摄影地,费了好大劲还只搞到两瓶双沟大曲。摄影组住在小镇招待所。我在房间里摆下了小宴,并请了副导演作陪。我巴望宗导演能喝出兴致,巴望他喝到拉开胸前拉链、摘下绒线帽子……

宗导演却一直漫不经心地喝着,一小杯喝完,还未起谈兴。我的心微微悬起,忍不住问:"宗导演,这酒……味还可以吗?"

他下意识一瞥酒瓶,抿了抿嘴:"还可以吧!不过要说有多大了不得,还说不上。"

"我倒觉得挺不错。"副导演插上笑着和他唱起了反调。

宗导演宽厚大度地笑笑:"以后你多喝点高档名酒,就一定不会再有这样的感觉。"

我深怀歉意,说:"我也真想觅瓶名酒请你们喝,但在这里,实在没办法。"

副导演眯起眼盯了我一会儿,一笑说:"我倒有点洋河特曲，是喝剩的，还有近二两。"

洋河也是名酒，特曲是洋河中最高一档，或许能提提宗导演的兴致。我忙说："拿来，要什么条件我都依。"

副导演盯住我另一瓶没开封的"双沟"："可得用它换。"

我当然同意，副导演当真随手拿走那整瓶"双沟"，不一会儿就取来喝剩的洋河特曲。

宗导演接过酒瓶用心审视了一下，就自己动手倒进酒杯。他小心翼翼地端起喝了一口，两眼眯成了缝，嘴唇慢慢地咂了几咂，才顾上把酒杯放下："嗯，到底是'洋河'，比'双沟'明显胜了一筹。看这酒，清澈透明，芳香浓郁；入口绵柔，鲜甜甘爽而又醇厚；细品品，回香悠长……"

"味真有这么好，我怎么就没品得出？"副导演似乎并不信服。

"你品酒，嘿，差远了……"宗导演又喝了一口，露出得意的神气，"你不知道，它可是选江苏一种优质高粱做的原料，用美人泉的泉水酿成的。当地传说，为王母娘娘酿造琼浆玉液的九香仙女，就用那泉水酿过仙酒呢！"

"这么神？看你吹的！"副导演故意逗他谈兴。

"嘿！"宗导演带着居高临下的口吻说，"还有更神的呢！这酒已有三百多年历史，《康熙字典》里都有记载；在巴拿马国际博览会获过金质奖章，还获过'国际名酒'的称誉,是全国八大名酒之一。这都有据可查……"他越说越兴奋,终于拉开滑雪衫拉链敞开怀,摘下绒线帽露出了秃顶……

幸亏副导演雪中送炭,我真感激。

小宴散后不久,副导演又悄悄来到我房间里,诡谲地笑着告诉我,他根本没有洋河特曲酒,只有一只空瓶,瓶里那二两多酒本是他拿去的我的那瓶"双沟"……

我呆了。望着"洋河"的空瓶,油然联想到晓风的电影剧本,暗暗产生一丝忧虑和犹豫,眼前希望之光暗淡了……

浴

男子浴室内,一个长方形的大浴池内聚着许多赤条条的人,每个人躯体的全部真相都彻底暴露在别人面前,相互间毫无顾忌。

弥漫的蒸汽像浓雾占据了浴池里的所有空间。池里有近二十个人，显得很拥挤。我跨进池子，找空隙蹲进二尺来深的热水。这才发觉，浴水极浑，简直像苏南乡下人夏天喝的无米大麦糊粥；还有人在池里用肥皂擦身子、洗头发，白乎乎的泡沫漂散在水面荡漾着。我顿时心里发腻，浑身如一下爬满无数小虫……

老天，这哪里像机关干部家属区的浴室！

记得前年这浴室初建成时，服务室里，躺椅、茶几、毛巾毯、丝草拖鞋全是新的，四面粉墙白得耀眼；浴池室里，墙上贴着白色釉面砖，池子四周面上铺的淡青花纹大理石，都没有半点污迹斑痕，十分整洁。池外备有几只铝制脸盆，专供舀水冲涤肥皂沫子。当时光顾的大都是干部及家属，使用肥皂、洗发精都自觉到池外边去。池里浴水，几批人洗过，身子浸进去还可以看得清肌肤。我每洗好澡在服务室躺椅上小憩后，换上干净衣裳，总感到浑身十分轻松舒爽，有享受的感觉。

机关浴室清洁卫生，美名渐渐外扬。为讲经济效益，也就来个"开放""搞活"，浴池里陌生面孔逐渐增多，于是就开始有人在浴池里使用肥皂。好在墙上很快就出现一条油漆红字"请勿在池中使用肥皂、洗发精"，给人擦背的李师傅还兼负管理职责，一发现违者就及时劝告制止。违者大都还接受劝告，马上改正。

古 玉

随着时间的流逝,总伴有事物的变化。

一次,我正坐在水里擦洗身子,旁边有个青年坐在池边,头伸向池面,用洗发精揉洗头发,滴下的白沫全在浴池里,然后朝我身边漂来。我忙泼水把白沫推开,叫他看看墙上的红字,他根本不理睬。我看看李师傅,李师傅只顾干擦背活。我喊了他,他才停手过来干涉。

"不在池里洗在哪里洗?"洗头的青年仰起脸。

我忍不住插嘴说:"该用脸盆舀水到池外洗。"

"哪有脸盆?"

"那不是!"我看到屋角暗处有几只铝制脸盆。

"你眼瞎啦,去看看那瘪的,还好用吗?"旁边又杀出个程咬金,也是个青年,手里正抓着块肥皂,显然与洗头的那个是哥们儿。

"都是让你们这些人弄瘪的!"李师傅肚里似乎早就窝着一股火。

这下可点燃了两串鞭炮。两个青年一起盯住李师傅,连骂了好几声"狗×的",要李师傅拿出证据说个清楚,边嚷还边动手推推搡搡。李师傅被推得直往后退,脚一滑,光着的身子重重跌倒在池外马赛克地面上。我扶起他,盼池里再有人出来主持正义。然而没有。两个青年还盯住李师傅纠缠不休,老半天才有两个上年纪的和平天使出面和颜悦色相劝两边,结果落了个不了了之。

尽管这回浴水还不算太浑,我洗罢出池,用干净热毛巾擦过,穿好衣服回家,眼前还是老浮现那水面漂散的泡沫,总觉得浑身皮肤上好像粘了一层什么,涩腻腻的,怪不舒服。

我一度曾想另寻清洁浴池,到城里几家浴池逐一洗了一回,遗憾,"清泉浴室"不清,"碧溪浴室"不碧……都还不如机关浴室清洁。我难做好马,只好吃回头草。

重进机关浴室,我发现浴池室墙上又贴了两条红字:一是"公共场所,请讲文明",一是"禁止在池中使用肥皂、洗发精,违者罚款"。我心里一亮,以为这下好重兴良好风气,进入浴池却发觉,池水中溶进的各种成分比过去浓度更大了。还照样有人往浴水里撒肥皂泡沫,毫无顾忌。李师傅只当看不见,只顾埋头给人擦背。面对浴水的考验,我只能咬咬牙锻炼承受力……

这"稀麦糊粥"似的浴水的折磨,我怎能经受得住?即使经受得住,洗了又有什么意义?唉,人啊,上了什么山,也就只能樵什么柴,管他,多少总能泡浮些身上的污垢。好在不久前这浴室门边已添砌了个长条水泥槽,有干净热水好冲身子!我便尽量不看池水,半闭眼睛擦洗着,人都是在池里用肥皂,我也就不必独守清规,开戒照着效仿。

从浴池里出来，到长条槽边，发觉里面的水也有些浑，浮有稍许泡沫。也真是，按理应该用旁边的小木盆舀水冲洗的，人们却嫌麻烦，直接用毛巾到槽里汲水擦身，水能不浑吗？不过，比浴池里的水好得多。

躺到服务室的躺椅上稍息，头有些晕晕然，迷迷糊糊，半睡半醒，老是觉得身子浸在那"稀麦糊粥"里，黏黏的，心直发腻。忽然，脑海里隐隐约约浮现出我少年时祖父的容颜，耳边好似响起他的声音："多人洗过的水浑，聚了多人的精神，是熟汤。洗浴就要洗熟汤，能强身子。"……我醒来，记起小时候曾相信过祖父的说法。后来念了书进了机关，便觉得可笑。现在再想想，也许那说法也有些"道理"。我摸摸身上皮肤觉得到底比洗澡前干净滑爽了许多。换上衣服后，再着意感觉感觉，身上竟舒服惬意了许多。

能不吗？我终究已洗了个澡嘛！

风

风随着列车加速而增大,接连不断扑进这个打开的车窗。临窗顺向的座位上坐着身份不同的三个人。

紧靠窗口是一位五十多岁的半老头儿。他打了个冷噤:唷,这窗该关了——呀,这跟家里新楼房上的窗子可不一样哩。在乡村这大半辈子,从老窗门上的小木闩到木框玻璃窗上的铁插销,再到新小洋楼钢窗上的铜扳手,都拨弄得烂熟,也算有点见识了;这火车的窗子偏出怪,是上下移的开关,这种机关可没有摸过,是怎么拨的呢?试试吧——哎,不行,关不下可要出洋相,会让人笑老土!看样子,这周围都是拿工资过日子的人,钱可不会比我承包鱼塘养鱼挣得多,也不会住上像我家那样的三间小洋楼,我本来可以做长个子低头看他们,可不能因为不会关这窗子而变成矮子让他们低头看——嗯,旁边这小伙子肯定懂这窗的机关,他身上穿的衣裳比我还少,也会觉到凉,还是等他动手吧,不过,我倒不能让人看出已经怕冷,吃

古　玉

不消!

　　坐在中间的年轻人撸了撸脸:唔,风这么大!这老头儿怎么不动手关一关窗?……见鬼,他还昂着头挺着胸呢!嘿,这么大年纪还贪凉……还是我去关吧——嗨,他靠窗的不要关,我又何必多此一举,显得我这小伙子不如他老头儿!凭我这硬邦邦的身体,冰窟窿都能钻,还拼不过他?——唷,旁边这戴眼镜的女人好像哆嗦了一下,是不是凉得吃不消了?问问她吧——算了,并不相识,她又没有求我……

　　坐在过道边的戴眼镜中年女人缩了缩脖子:唔,风太大了,窗子不能再开着了,我去动手关上吧——不,不行,他们靠近的两个都没有要关,特别是旁边这小伙子,身子魁梧结实,上车时身上还有汗腥味的,只怕他还要凉快凉快呢!看他那粗浓的眉毛、鼓起的大眼,样子就像头好斗的牛。如今的年轻人火气大,不好惹。我花了力气,说不定反而招来什么麻烦,算了,反正快要到站了……

　　也巧,一条椅子上三个人都在同一个站下了车,都先后打起了喷嚏……

　　乡下老头儿:娘的,那小伙子……

　　小伙子:娘的,那乡下老头儿……

　　戴眼镜的女人:那两个人也真是……

理

"儿子,我问你,跟我同来理了这次发,有什么感想?"

"感想?……有,要理的人那么多,理个发排队坐等了两小时,好心焦。偌大的市级机关,就这么个小理发室,太不适应了。"

"嗯。不过,你该看到,大家都依次等着,秩序不错。"

"倒是。"

"你知道为什么能保持这种好风气吗?"

"不知道。"

"你没见我们进门那会儿……"

"哦,理发员和好几个等理发的人都招呼让您先理。要是当时您不推辞,我这个做儿子的可能也会沾光得到优先,用不着等这么久。看来,是您以身作则起了作用。"

"可能有这个因素,以往我每次来,理发员和一些先到的人总要让我先理。他们都体谅我工作忙、时间宝贵。我每回都没有接受照顾。嘿,机关有个秘书不久前还把这写成文章，让市报登了出来。"

"是吗，记得小学语文课上讲过列宁理发排队不特殊的故事。那文章一登，您不是成了列宁第二了？"

"不说列宁第二，也该说是向列宁学习吧！老实说，我今天带你来理一次发，就是要让你看看，做爸爸的虽然是这种身份，但怎样以普通一员在人们中间亮相的。你还在读大学，将来走上社会，在这类场合，也应该努力当好表率。"

"嘿，爸，您别见怪。我也老实说，您这么做实在难以使我感到有多高尚可贵。"

"啊？"

"我斗胆问您几个问题。"

"什么问题？"

"如果您不是现在这身份，而是机关一个普通工作人员，会不会回回有人要照顾您先理？会不会因为您坚持依次排队而有人写文章表扬您？"

"……"

"要是您现在这身份，人家不招呼您不说让您优先，您是不是会感到理所应当？"

"……"

"还有，为什么那些人老会让领导优先？"

"……"

"既然机关理发室老是这么挤,您怎么没想到要赶紧采取措施解决理发难的问题呢?"

"……"

实事求是

一

报告:昨晚供电局突击抽查我厂,发现用电违章现象严重,通知罚款50000元,还将发通报批评。

批示:做好工作,减少损失,缩小影响。

二

报告:工作已做好,罚款降为5000元,通报批评取消。另附:一、皇家夜总会餐费3560元(含卡拉OK。是我们关系单位,已七折优惠)。二、白条120元(上卫生间共24人次,每次小费5元)。

批示：办事很有成效。同意报销，但必须符合财务规章，白条不能入账，应妥当处理。

三

报告：一、白条的金额已添开一张餐费票据。二、区里通知评选节约用电先进单位，我厂节约电费45000元，拟作为评比条件上报。

批示：同意上报。又，节约经费应是45000元再减去3650元和120元，实际节约经费应是41230元。数字要准确，工作要认真细致，应实事求是。

报告：纪委来人……

吸烟经

这是20世纪80年代中期苏南乡村一家结婚喜宴。

按这年代惯例，每桌酒席配了三包香烟：一包红双喜、两包红牡丹，都是吃香的沪产烟。双红、双喜，再加牡丹是富贵花，全是吉兆。

仪式完成，喜宴开席，欢声笑语，席间喜庆气氛骤浓。斟好酒，会吸烟的便自动手拆喜烟。一个叫建平的青年抽出一支牡丹，先看了看，递到旁边叫国华的小伙子面前："这烟……"

"啊！6月的！"大头大脑的国华像受了欺骗突然察觉似的，把那支烟一推，亮开嗓门儿愤愤然说，"办喜事用这种月份的香烟，谁要吸！"这一咋呼，引出了周围各桌宾客一阵议论，喜庆气氛顿时掺进了异味。

正要领新娘给宾客敬酒的新郎心随之一沉，他知道，这年月，江南的吸烟人兴吸沪产的，更兴讲究烟出产的月份。每支烟头上都有微小的阿拉伯数字，是标的出厂月份。这一带离上海近，月底能吸上本月份出厂的烟算最吃香，能吸到上月的也算有点噱头（面子），吸两三个月前的就降了档次，出厂时间越短的烟当然越紧俏，沪产牡丹商店里没有公开卖，要吸或要派用场，得找地下烟贩子出黑市价。当月的最贵，多隔一个月就便宜一成。这回办酒席用的香烟是新郎的爹去找烟贩子觅的，父子俩都不会吸烟，疏忽了烟上标的月份。这喜日是农历腊月初八，公历元旦后的第十五天。在吸烟人眼里，去年6月的货实在说不过去，有点丢面子。近处两桌坐的全是跟新郎同在乡农机厂做工的哥们儿，多数是吸烟行家，平日常会以衣袋里能掏出近月份上海烟而自豪。尤其大脑袋国华，总喜欢跟人比香烟月份和比打火机显摆，嘴巴又天生不受管束，说话没分寸。办喜酒主家总巴望宾客吃得满意高兴，没想到因为这香烟月份而惹大家不开心……新郎慌得不知所措。

"将就点吧，我们跟他是小兄弟，不要弄得他太难堪。"放火的建平反过来救火了，把那支烟重新递给国华，拨亮气体打火机凑上。

国华还是用手一挡，大脑袋一昂："隔半年的，那味道，吸了比戒烟还难受。"他从自己衣袋里掏出一包拆开的"牡丹"拔出一支："我吸自己的，看，12月的！"

新郎的姨夫是市党校教员，就坐在旁边一桌，忍不住凑过来插话："我年轻时在上海工作，听香烟厂工人说过，厂里刚制好的烟味太暴，冲人，不马上上市，必须放在库里存两三个月伏伏性，味道才和顺。如今你们年轻人也真怪，偏兴什么近月份烟！"

"嘿，陈年八代的老皇历还翻出来！"国华面露讥色，"不想想，如今穿衣都不兴中山装、四开袋，都兴西装、夹克、风衣了！"他点燃自带的烟使劲吸一口，矜持地喷吐出一串烟雾。

新郎的姨父苦笑笑，没再接腔。

人生就这么一回大喜事，总盼个欢欢喜喜。宾客喝了喜酒，过后总习惯评评说说。为香烟月份而留下话柄，太不值得，却又无法补救。新郎只能满怀歉疚对小兄弟们说："实在对不起，都怪我疏忽。要是马上能买到12月的，我愿意出双倍价重买来调换。只是这里没有，赶到镇上去觅，来回十几里路，即使弄到，时间又赶不及。请多多包涵，过后我再补数，买当月的请你们吸。"

"不，稍等一刻，我去想办法。"新郎的姨父突然起身离席，往外就走。

姨父家就在后村。自行车来去，只七八分钟，就取来一条零八包牡丹烟，随即换上。国华已吸完那支自带的。姨父就拆开一包抽出一支递给这位品烟专家："吸吸这个，味究竟怎样？"

国华接过一看，烟头上红色的小数字是"1"，脸上霎时云开日出，还不无几分惊异："嘿，今天才15号，竟能弄到当月份的！想不到新郎还有个这么有噱头的靠山！"他点燃了认认真真吸了一口，一本正经说："到底是刚出厂的，味比我这12月的明显胜几分。"一旁的建平也要抽一支看看，也点燃连吸了几口，仿佛吸到了一股仙气，沉醉地眯起两眼："唔，味就是纯。"国华又补充说："这种烟吸得再多都不口燥、不生痰。"他脸上流露的是基督徒膜拜耶稣的那种神情。

柳暗花明又一村，新郎转忧为喜。

翌日，新郎便去找姨父付香烟钱。姨父却说："付什么钱，把替换下来的烟还我就行了。"接着摊底说，他拿去的根本不是当月份的，而那1月份其实是去年的，是县供销社的清仓货，朋友留给他回家过节派用场的。

新郎既感到意外，又觉得好笑："那我干脆向那些狗屁吸烟专家亮亮底，让他们醒醒觉，不要再瞎闹那套时新的吸烟经。"

"这没啥意义。他们脑子天生有这种顽症，即使这回服了，输吃了瘪，遇上别的还会一样迷。要不，这社会上就不会有越来越多人受骗上当了。"

优惠价

余云卓从本市晚报上看到一则广告：市外事旅游公司开通了东南亚的旅游专线，新加坡、马来西亚、泰国、香港、澳门五地十四日游，吃、住、飞、游全包，住的还是三星级以上宾馆，每人只要八千元人民币，还可以兑换两千白市价美元。他算算，兑换到两千白市价美元，比黑市兑换美金要便宜人民币八百元，折合进总价，实际只要七千二百元人民币。

竟会这么便宜？余云卓简直不敢相信。他是浅刻艺术家，作品在港、澳、台收藏家眼中视若珍宝。他多次受邀请访问过港、澳、台甚至美国，费用是由邀请人负责或者当地大企业资助的，虽然自己没有出过钱，但是他知道每回实际花了多少，按他原来那种花费的标准，现在游新马泰港澳，每人起码得三个八千元人民币。妻子还没有出境旅游过，他一直怀有让她也出去见识见识的心愿。现在这个广告如果可靠，他准备跟妻子两人同去游一趟。去东南亚这几处地方只要这么点钱，合算，也负担得起，只是怎么会这么便宜呢？这个广告是否可靠他吃不准。于是他去拜访一个通行情的老朋友，咨询咨询。

老朋友说："东南亚金融危机造成经济萧条，真只要这个价，你如果不购物，就一分钱也用不着再花。"朋友又提示说："你如果办手续时再还还价，说不定还能再便宜一些。"

余云卓回到家，忽然想起，这外事旅行社该是归市政府外事办公室管的。市政府分管外事、旅游的副市长林博之原是文化局长，在文化局期间对艺术家很尊重、很关心，凡是有点成就的艺术家，他都当作朋友、知己，甚至有时还与他们称兄道弟。余云卓就多次受到他的关心和照顾。既然价格还可以有松动，去找他，请他出面，价格肯定还能再优惠点。

　　林副市长的办公室外套间有位年轻女子在值班，姓赵，是专跟林副市长的秘书，她说，林副市长不在，去北京出差了。她完全是公事公办的态度，虽不冷漠，但也不热情。

　　余云卓有些摸冷门的沮丧，也有点被轻视的不满，故意自我介绍说："我叫余云卓，跟你们林市长原是老朋友。"

　　赵小姐朝余云卓打量了一眼，骤然变得很客气、很热情："你就是余云卓先生，可是大名人，林市长常提到你。有什么事跟我说吧，看我能不能效劳。"余云卓心头阴云顿时散去，随即说明来意。赵秘书爽快地说："这事林市长不在没关系，我陪你去旅行社也一样。"

　　一报名字，未谋过面的赵秘书就马上买账，余云卓暗里想，可见名人不是白当的。

　　他跟着赵小姐赶到外事旅行社，找到了刘总经理。赵小姐对刘总介绍说："这位是鼎鼎大名的雕刻大师余云卓先生。"

刘总站起来握住余云卓的手说:"久闻大名。"

赵小姐又介绍说:"他可是林市长的老朋友,要与夫人同去新马泰港澳旅游,希望价格能再优惠点。"

"好说好说,你赵秘书陪同来的就等于林市长亲自陪来的。"刘总一副卖面子吃交情的慷慨态度,"这样,原本每位是八千元,你赵秘书陪林市长的朋友来,就算七千五百元吧!"

赵小姐转过脸以征询的目光投向余云卓:"余先生,你看呢?"

每人优惠五百元,与老伴两个人便能优惠一千元。在余云卓看来,这面子该是够大的了,超过了他的期望。他非常非常满意,不由得喜形于色:"好了好了,谢谢,谢谢刘总!"

交了钱办完手续,走出旅行社大门后,赵小姐对他说:"余先生,你刚才怎么不再还还价?"

"好了好了。优惠了这么多,全凭林市长和你的面子,我哪能不满足。我该谢谢你,谢谢林市长!"余云卓说的完全是心里话,他觉得一般人是很难有他这份优惠的。他准备从东南亚旅游回来后,再去找林博之当面道谢。

余云卓与妻子随旅游团到了泰国。一路游览时,看看周围同行的其他旅游人员,那种与副市长为友及自己是名人的双重优越感不时在心头暗暗跃动。在游览泰国大皇宫、玉佛寺时，同行的一位已退休的市报副总编主动跟他攀谈，说到都是因为如今到东南亚费用实在低才来旅游的。他那优越感和自豪感如壶中蒸汽，终于找到了喷发口，忍不住问："你这回是出的八千元吧？"

"不，是七千四百元。"退休副总编说。

啊，比我余云卓还多优惠一百元！他不由得一怔，不相信这老报人面子比他还大，以怀疑的口吻问："是真的？不可能吧？"

"这种事我有啥必要骗你。"

他依然不信，又问旁边一位退休中学教师："你呢，最后付了多少？"

"七千三百元。"

又多优惠了一百元！余云卓又一怔。他还是难以相信，但不能再表示出来，便又问第三位同行者。

"七千三百五十元。"第三位答。

……

他问遍了同团十四位同行者，有十一位实际价格比他便宜，他的七千五百元竟是偏高，他觉得不可思议，又抑制不住悄悄问退休教师："你怎么优惠这么多？是通过谁的关系？"

"我什么关系也没有，就是跟他们旅游公司讨价还价，硬杀价。"

退休副总编听到了他问退休教师的话，插上来笑着对他说："看你这位先生，如今竟还迷信什么面子，现在已经是市场经济，是买与卖的关系嘛，靠自己讨价还价才是最大的面子。"

余云卓终于完全相信了。他细细回想了那天在旅行社办手续的全过程，难怪那天从旅行社出来，赵小姐会说："你刚才怎么不还还价？"说明赵小姐心里是有数的，不由得抱怨赵小姐：既然你通行情，怎么不直接出面帮我再杀杀价？你杀价不比我更有数、更有力！这次其实没有给我面子，碰到林副市长，得好好说几句。

红白棍一指

他骑着横杠上加安童椅的自行车，沿马路右侧的轻车道飞驰着，不断绕小弯超越别人。

他有一个中国城市里占大多数的那种小家庭：夫妻俩

都有一份工作,带一个孩子,除去上班时间,要应付家里一切日常的和非常的事务,从起床到上床一直体现着一种快节奏。他刚下班,任务顺序排得十分紧凑,先要赶到幼儿园接孩子,而后去菜市场,而后……

一根红白棍忽地往这边一指,他下意识猛刹住车:啊,到了十字路口,一个警察威武地站在路口中心的圆盘指挥台上!为什么把木棍指我?莫非我违反了哪条交通规则?这时,他脑海里闪过许多所见所闻的违反交通规则受罚的事例。经验告诉他:遇上红白棍指向你,你只有老老实实当龟孙子,一兜子全兜下来,百分之一百二十承认,再苦苦求饶……他推着自行车,乖乖来到有红白条纹的圆形指挥台旁,恭恭敬敬地站着。

披挂英武的白制服警察并没有马上理会他,不住朝四面挥舞红白棍。

眼看要误了接孩子的时间,他也只好耐心等待,准备花十天或半月的工资交罚款——交通警找上你,起码。

警察总算顾及他了:"你干什么?"

还好,态度不算严厉,看来给他留有主动认识错误的余地。他赶紧自省,边掏出香烟递上边说:"大概刚才我越过白线偏上了重车道。"

警察没接香烟也没开口,居高临下俯视着他,目光里带着疑虑。

显然没对上警察心里排的号！他又揣摩着说："我这车杠上不该安这个小椅子。"他心里并不认为这有什么错，万一对方认为是错的，也只有承认方为上策。

警察摇摇头，似笑非笑。

他有点慌："是我闯了红灯？"

警察又摇了摇头。

他惊惶失措，怕对方误认为他在玩花样态度不老实，忙恳求说："我实在不知道自己犯了哪条规，请你指出来，我一定虚心接受！"

警察诧异："你不知道自己哪儿有错，怎么会站到这里来的？"

"是……你刚才用这棍朝我那边一指的……"

警察恍然大悟地笑了，挥挥戴着白手套的手："好了好了，你走吧，我没空再跟你烦了！"说罢又只顾挥动红白棍朝一边指去。

他意外而又惶惑，边推车离开边回头望望，猛然发现，红白棍指的方向正是车子可以通行的方向。哦，那路边高悬的红绿灯都不亮——坏了！一场虚惊！

他接了孩子，又买了小菜，这才回到家，对妻子说："今天我真有运气，碰上了一个好警察！"

古 玉

志愿书

浮云在随晚风缓慢游动,一次次遮掩了圆月,湖边景物不时隐潜进昏暗中。

她手提小网兜和手电筒,伫立在湖堤边一棵高大的白杨树下。眼前,几株挨着堤脚生长的零星芦苇影影绰绰,随着萧瑟秋风不住地摇摆着;耳边,晚饭前二婶的悄悄话又在回响:

"你二叔开完支委会,我见他只带回来一份志愿书……"

一份志愿书!毫无疑问是让她填的。她在中学读书时,是班级的团支书,"三好"学生,而今又是村团支书。三中全会的春风吹得江南农村复苏,她是亲眼见的。这两年,村里盖新楼房的人家逐年增多。现实的火花点亮了她理想之灯,她去年就写了入党申请书并交给了组织,平时每一步都是努力按照入党申请书所选定的道路走的。乡亲们都夸她、亲她,县广播里还介绍过她的事迹呢!论条件,这村里谁还比她更成熟？眼看就能成为党员，怎能不叫人兴奋、激动！

不过她素不喜形于色，当时脸上神情依然如常，染着淡淡的笑意。

二婶随后却说："看来不是你。刚才你二叔揣上那份志愿书去找春生了。唉，也真弄不懂，会赞成让春生先入党！"二婶也为她抱不平，随即又安慰她说："千万别灰心啊！迟早会轮到你的呀！"

啊？……她猛地一怔：春生是村委会计，虽也写了入党申请，也是发展对象，可是有人反映他经济上不大干净，竟会先吸收他？……

她暗吃一惊，但脸上依旧挂着淡淡的笑。

端到夜饭碗，她不是像往常那样快吃快咽，而是用筷子慢慢拨数着饭粒。

她终于想通：二叔是远房的，又只是支部副书记，人家春生可是高支书的表弟，每逢开干部会，春生总紧挨高支书坐，不断给递"大前门"香烟，出差进城常给老高捎这捎那呢，那内情，悬啊！唉，组织组织，还不是人组织的！我太天真了！

她常钻研禽畜科学饲养的技术，本来常抽空尽义务给乡亲们做指导。下午，第二村民组有两家来约过她，请她晚上去指导制作德国长毛兔的新式窝笼,这是帮助群众致富,若作为党员,是应尽的责任。可是如今,又何必再操这份心?这秋天稻黄季节,黄雀正肥,成千上万的黄雀夜晚都栖息在芦滩的芦秆上,外边风这么大,芦苇摇摆声大,人进荡黄雀不易发觉,正是捕捉的好时机,一黄昏,少说也能捉五六十只,能变卖四五元钱,可以添一件时新的确良衣料。

她带着捕雀用的小网兜、打着手电筒来到这湖边,正要划小船进荡时,忽然又觉得不妥,那两家事先已来约好的,在等着哪。即使做个普通群众,也不该对人家失信呀……

圆月在浮云间的缝隙里挤出了一条银辉。她把网兜藏进船舱,打着手电筒沿着湖堤向第二村民组走去……

两小时后,她又沿着湖堤朝白杨树走来。

白杨树下有个人影,她走近一看,是二叔。

二叔乐呵呵开了口:"你二婶给你传了小道消息,是吗?这老婆子就会乱猜胡扯。我还担心你……嘿,你照常去了二队,说明你经得起考验,还不错。"他手一扬:"喏,志愿书。"

她惊,她喜,接过志愿书,觉得沉甸甸的,激动得手微微颤抖,真想欢呼雀跃,随后她又感到奇怪:"这回让填的有两个人?"

"不，就你一个。"

"那你找春生……"

"我是受支委委托，找他谈话，对他进行一次教育。"二叔郑重地说，"哪能再随便把张三、李四拉进党组织！"

"他可是高支书……"

二叔打断她，严肃地说："发展党员是必须经支委集体慎重研究的。"

她心猛地一震，不由反思，自己对二叔找春生产生误解，还乱猜想高支书与春生的关系，为人民服务的信念有个一瞬动摇，说明入党动机还有瑕疵……她不由得羞惭地低下头，沉默了片刻，随后又仰头看向夜空。圆月挣脱了浮云露出脸，将银光全部倾洒了下来，湖边景色明亮了许多。她将志愿书还给二叔，诚恳地说："这志愿书，我还不够资格填，该先写一份思想汇报，还需要再接受组织教育和考验，争取做一个真正合格的党员。"

二叔接下，和蔼地说："说明你已经觉悟。等开支委会研究，再决定究竟该怎样。"

盲人和他妻子

一个卖艺的盲人能同时使用六种乐器演奏,是我亲眼所见的奇迹。

这是早春一个阴冷的下午,我写作时间过久,有些疲劳,便出去走走。走到我家附近的菜场西大门外,见到那卖艺盲人坐在一张轻便凳上,操着二胡专注地调着音——他显然刚到这里,已有六七个人围观。盲人面前的地上放着让人自愿投钱的长方形铁盒。虽然屡次听人说如今假乞讨骗钱的多,但我还是尽可能给那些看上去可怜的乞讨人一点零钱,不愿为那点零钱去考虑究竟是否上当受骗。我从衣袋里掏出一元的硬币投下。

盲人面前有个非常奇特的小铁架子,是钢筋做的,底部约一尺见方,固定着四件打击乐器:左边平放一面小鼓,右边是两只小木鱼——一只平放,一只悬挂,中间还安有一只铜磬,架子中间竖着一根与他嘴的高度相等的钢筋,顶端有个钢筋蟹钳夹着一把口琴。盲人手拉二胡,嘴在口琴上同步移动吹奏；左脚在踩动左边一根杠杆翘动小棒敲鼓；而右脚在踩动右边杠杆翘动小木锤，先打击下边平放的木鱼，翘起又回击竖挂着的木鱼，还不时移到中间踩动小杠杆敲响铜罄。盲人的头和两手、双脚全都在摆动，奏的乐曲是《走进新时代》，用六件乐器合奏，奏得有起有伏，有抑有扬，协调和谐，富有节奏感，可说是相当奇特的演奏。

总说心无二用，这盲人演奏，心却在"六用"，真是罕见的绝活，要下多大苦功才能练成啊！那特殊的钢筋乐器架的巧妙设计凝聚着独特的智慧，在这个世界上，这位盲人恐怕是唯一能够用的人；它制作工艺很粗糙，有的部位还用细绳绕绕绑绑，或用铁丝捆捆扎扎，显然是盲人自己设计，让亲友做的。

盲人有妻儿在身边。儿子七八岁，神情呆板地站着。妻子三十多岁，有一米六五高，穿戴虽然朴素，但长得端正还有几分秀气，身材也挺匀称，年轻时肯定是个靓女。盲人大约四十岁，尽管坐着，但可以看得出个子不高，可能只有一米六零，外貌真的不怎么样。对于这对夫妻，可能有人会认为一朵鲜花插在牛粪上。

盲人的妻子在一旁地上摊开一张大铜版纸，上面写着：湖南妹子与盲人萍水相逢，因为他有才艺，结为连理，生了一个儿子；卖艺为生虽然艰辛，但夫妻恩爱，相依为命，本也有他们的幸福。却没想到，他俩那个一天天长大的孩子竟同时患上了三种非常麻烦的眼病；为给孩子治疗，四处借贷，背上了沉重的债务；孩子眼病还没治好，急需继续医治。告白文字旁边还附了四张10英寸的彩照，是孩子在医院治疗眼病的情景，显然是为了使观众相信他们不是骗子。我的心灵被震撼了：父亲是盲人，儿子又面临变为小盲人的危险，命运之神是多么残酷啊！

我喉头和两眼都有点发酸，忍不住再从衣袋里掏出一张十元的纸币投进铁盒。盲人的妻子看着我，眼里闪出感激的光亮，轻轻说了谢谢。十元钱其实微不足道，在这场合却显得夺目了。我没有看周围人的脸，但我料定所有人都会将目光投向我。我顿时感到一种莫名的不自在，既不适应众人的瞩目，也怕盲人的妻子老是投来感激的目光，便随即离开。

回到家，那盲人演奏的场面还反复在脑海里闪现。我盼望两次投下的十一元钱能对其他围观者起点启导作用，能使盲人多得一点帮助。

不一会儿，我又后悔起来：为什么投了钱就马上离开呢？他还在为大家演奏，是在尽自己特殊的演奏技能和艺术水平回报大家，给大家一份美的享受。依我看，他这手绝活绝不比过去上过中央电视台的那些绝活表演逊色。他是在付出，在努力使自己摆脱乞讨的地位（这也就不再存在欺骗和被欺骗）。我应该静心地听他演奏，认真地欣赏，不枉他正在努力做的回报。那是他实现自身的价值，我还应当对他的技艺做适当的肯定，对他的劳动表示尊重；不听他演奏，便是客观上把他推向乞讨者一类，那十一元钱便成了我对他的施舍。

对街头卖艺的盲人本就不该随便轻视，二胡独奏曲《二泉映月》的作曲和演奏者阿炳也是盲人，当年中央音乐学院二胡教授杨荫浏为他录音记下乐谱之前，也一直流落街头卖艺，又有谁会当他二胡独奏大师！我不是音乐权威，没有资格给眼下这位盲人的二胡、口琴演奏水平定位，倘若哪天他也遇上一个"杨荫浏"，成了又一位大师——并不是绝对不可能，再要听他演奏，说不定门票就得花我所投十一元的十倍甚至几十倍。如果真是那样，就会证明我们的势利和浅薄。

我怀上了歉意，决定做补救，便又回到盲人卖艺的地方去。

只是已隔了半小时，盲人已不在原地，到离开原地一百多米的马路边转角的一块空地上，重新设了演奏场子。这回不仅是盲人演奏，他妻子还在演唱。此时正是夜幕半降、华灯初上,他们旁边有许多刚刚搭出来的夜排档塑料棚和露天摊,都亮着临时拉上的电灯。而盲人他们在昏暗处,没有灯光照着。妻子站在盲夫旁边,手捏话筒唱着《苦乐年华》(这时我才留意到,他们还用旅行小车带着一套用蓄电池的扩音设备),却一个观众也没有,盲人照样全神贯注演奏,妻子照样非常投入地演唱。她嗓音不错,唱得有感情有韵味,举止有一定风度,依我看,完全可以进歌舞团登上剧场的舞台,若离开盲人,或许能过上另一种比现在优越得多的生活,而她却站在露天里的初春寒风中认真地演唱。我的心被这情景酿造的凄凉浸透了,却没有办法为他们点亮一盏灯。

我离他们十多米时,盲人的妻子也看到了我。这一刹那,我又突然生出顾忌:我独自一人站在他们面前听演奏演唱,会很突兀,会让盲人的妻子再一次心生感激,会影响她演唱的情绪……于是我从他们面前直走过去——又一次避开了。不过,我走到不远处她看不到的一个夜排档塑料棚旁又站定,虔诚地、全神贯注地听着他们的演奏和演唱,在内心对他们补上了一份尊重。

> 生活是一团麻,
> 　那也是麻绳拧成的花;

……

生活是一杯酒，

饱含着人生甜酸苦辣；

……

生活是一条路，

路哪能没有坑坑洼洼；

……

  盲人妻子那激越嘹亮的歌声，那充满人生哲理的歌词，已不仅是一种以演唱换取生活物质收入的劳动，也是在借歌词倾吐他们一家深切的生活感受和感悟，在表达他们对人生坚定的信念和对美好未来的向往，在表现一种坚韧和顽强。难怪盲人也会演奏《走进新时代》，无论双目失明的丈夫还是亮眼的妻子，分明胸中都揣着一轮太阳，眼前都有一片光明。那漂亮妻子为什么会与盲人无论苦乐相依相守？我想，绝不是单凭现在有些年轻人那种盲目、抽象的感觉，必有一种异于常人的情怀，必有特定寄托和精神依据，必有一种心灵的默契，必有对于对方付出感情的珍贵呼应，也就必有一种升华了的人生境界。

  盲人夫妇的演奏、演唱正是他们在严酷的生活中身体力行实践着的豪迈情怀，对我们生活相对安定的正常人也该有所启示。

夫妇俩的演唱演奏使我两眼湿润、喉头发酸,我不由得在心里默念道:祝愿你们的儿子永远拥有真正的光明!

入关检疫

应大温哥华中华文物馆邀请,我去加拿大举办个人书法展览了。邀请书上有"偕夫人",还附了安排我俩十八天的活动日程表。与老伴乘坐东方航空公司班机,从上海浦东国际机场起飞,飞越了太平洋,第一次不随团队个人出国,心里总有点不踏实,好在途中有乘务长小黄照应,心定了许多。经十个半小时,在温哥华国际机场降落。下飞机时,小黄特地托付东航派在温哥华机场的地勤人员开电动方便车送我们到取行李处,还托那位地勤人员找了一个勤杂工帮我们提行李和推行李车。事先约定,机场出口处有负责接待我们的 W 博士在接机,按理我们可以不用有任何担心。

然而没想到，在取行李处就遇了麻烦，带着两箱书法展品，行李件数多，其中有一只咖啡色箱子被人错拿去了发现后退回来，我们在焦灼惊惶中耽误了四十分钟。

在找行李时，我们着急，也怕W博士等得急，取出手机想打个电话把情况告诉他。在出国前，我去移动公司办理开通国际漫游，却说我的手机号是老的金卡快捷通，不能办，只能重办个新号，交了两千元话费。手机是双卡，新号插在第二卡位做了设置。这是我第一次有双卡两号，离开中国到达加拿大第一次用手机，也是第一次使用新的手机号，没想到竟然没有信号，打不通，我怀疑移动公司没有给我办妥，慌了神，浑身冒汗。

找到箱子，便由杂工帮忙将装行李的小车推去过海关。海关分为供西方人和华人两处入关口。华人入关处每个口都有两个海关人员，一个坐在柜台里，是西人（西方国家为避免肤色歧视的称法，实是指白种人）；一个站在入口边，是华人。我们过关时，一个身材魁梧、穿海关制服的中年华裔女性说汉语问："行李里带了吃的东西没有？"

她问带吃的，是涉及动植物的检疫。我有餐外吃些食品的习惯，带了些饼干和六包方便面。按我过去几次出国过关的经验，老实回答，大都不会再打开行李检查，可以顺利过关。我回答说："带了饼干。"因为饼干不会涉及检疫，没再说还有方便面，倒不是为隐瞒，只是因为出站时间耽误得太久了，想简化些尽快过关。

那关员没反应，似要放行了。万万没想到在这关键时刻，老伴冒出一句："还有面。"

那关员顿时警觉起来："什么面？"

我也敏感，想补救，连忙补充："方便面，干的。"

谁知那关员从柜上拿过一张印有多项动植物和食品的单子，用红笔在其中一项画了个大钩，交给我，要我们去另外一处检疫站接受检查。

又遇麻烦！真是雪上加霜，这时我真是心急如焚，怒火骤升，去检疫站路上，忍不住瞪了老伴一眼："干吗要你补那么一句？"

老伴也似乎觉得自己犯了错误，一声不响。

好在检疫站并没有要检查我们每一件行李，只叫我们把带食品的那个箱子打开，六包方便面，有三包是"康师傅"，包装袋上印有"红烧牛肉面"字样，检疫人员把三包"康师傅"没收了，也就放行了。

我当时还认为老伴多嘴是个教训。过后冷静下来，其实老伴没错，是我错了。

在海关人检疫人员看来，老伴的"多嘴"是诚实。在我生活的环境里，大多数人都会认为我老伴太老实太傻，会也有像我这种希望通过隐瞒过关的心理习惯。法律和纪律往往被有些人以各种理由当橡皮筋拉宽，我们有时需要适应潜规则才解决问题达到目的，采取不诚实应付过关，成为一种习性、一种观念，被认为合情理，你有正当理由要领导办的事，如果因不送礼而没成，无论旁人还是亲友，十有八九会怪你不懂行情、拎不清，我潜意识中也多少受到了这种风气的影响。

诚实，实事求是被指责，被当傻瓜，会吃亏，这种颠倒是非的习性必须花大力气反拨，真正颠倒过来，需要每个人都觉悟。

我大脑也接受了一次检疫，开始觉悟。

石雕店的功夫茶

久闻福建是有名的青田石、寿山石的产地，石雕艺术之精湛也颇负盛名。不久前参加党派活动去福建武夷山考察，下榻的宾馆附近有好多家出售艺术品的店铺。返程那

古　玉

天下午自由安排，我便约了三位同伴专门去逛这石雕艺术品商店，想为家里"玩具"柜里添一点花色品种。

宾馆对门就是一家石雕店，单间门面。店主是个文雅的小伙子，见我们进去，便微笑相迎。我们说只是看看。他笑着说"看看吧，没关系"。我们从石雕艺术品陈列橱里挑入眼的一件件拿起看上面贴的价格标签，有五六百元的，有一两千元的。他在一旁诚实地说："其实要是真买，便不用这么多钱。"

店中央摆着一张由特大树根做的根雕茶桌，上面放有一套紫砂茶具。我们没有流露要买的意思，他却说不买不要紧，招呼我们坐下喝茶。我想，也许是因为店里原没顾客实在冷清，留我们几个坐一会儿也给他店里增一点人气，这种心理也是可以理解的。他用金属小壶煮水，认真按功夫茶程序沏茶，茶叶是这当地有名的铁观音，一人一小盏，香气弥漫，味道醇厚。竟用这么好的茶招待我们，并不主动介绍商品，更不兜售。

我们问他关于青田石、寿山石的一些常识，他一一作了回答，还说自己不会雕刻，货是从福州进的，店开了才一年，还是初入门。我说："你这店靠近宾馆，地段位置很好，对经营有利。"他却说："生意跟地段位置没多大关系，这里石雕店有多家，住宾馆的外地旅客不会因为我店近就在这儿买，总要到所有的石雕店都转一遍，比较比较才会出手。生意，一要靠石头质量和雕刻艺术水平，二要靠价格公道。"这话还真令人信服。

我们站起身要去别的店，他很自然地微笑着说："去转转，买了东西回头再来喝茶。"

我们又看了五六家石雕店，都比那头家大，石雕品种也多。看到了不少上品，只是价格都超过了我们的心理承受能力，便买了些中档以下的小件。

回宾馆时又经过喝过茶的这家小店。年轻店主看到我们拎着塑料袋，知道我们已在别的店买了东西，照样亲和地招呼我们再进去坐坐，又给我们沏茶。我们把买的石雕、印料石让他评估质量和价格。他用放大镜逐件细看，做了公正客观的评说。他对每一件的估价竟和我们所买的价格不相上下。他毫无半点嫉妒情绪，心气十分平和，真令人佩服。我们不由得再次浏览他店里的石雕艺术品。有几件石料石色不错，雕刻的艺术形象充满神采和谐趣，按质论价还算合理，我和另一位同道就各买了一件。这两件的价值可远超过我们在其他店所买的总价值，然而，我感到钱花得值，买到了一份极好的心情，愿。

自武夷山回来，我反复回味了那年轻店主关于地段、位置的看法，也反复回味了那黄澄澄的功夫茶。他经商是一种无为的态度，是一种平静的心情，是他的诚实与真诚让我信赖。我们的先辈倡导以"诚信"经商，有"童叟无欺"的守则，也有"酒香不怕巷子深"的自信，这是商业文化精神。而当前常见的却是欺诈蒙骗、坑害顾客，攻击诋毁同行的例子也举不胜举。

其实，坑蒙拐骗都是暂时得逞，终究要自食其果。我居所附近一条街上，每年有几十家店面易主，尤其那些饮食店，大都是因为起初生意不兴旺来客少，为怕亏本，就暗中抬价宰客，或者以变质食物充数。结果是越是宰客，上门的就越少，竟有一家餐饮店一年三易店主。有些人在无限止重蹈覆辙，始终不觉悟，智商竟这么低劣，情商更是负数。早在提倡重视商业文化建设，也喊"文明经商"，却在浅薄地放纵利欲，浮躁地追逐金钱，正是文化精神的失落。

都说茶道是一种文化，许多人在时尚喝功夫茶。其实，文化是形而上的精神，《红楼梦》中品茗就体现着精神审美价值，鲁迅说饮茶要练出"特别感觉"也是指精神上的升华。有学者立有"廉、美、和、敬"的四字"茶德"，茶文化是人们在饮茶中培养和体现的品位、修养、境界，而有些人只是附庸风雅，只在乎功夫茶的表演过程，只满足文化形式和表象模仿。有多少人品茗时精神世界能真正进入称得上"廉、美、和、敬"的文化境界呢？又如武夷山那些街上，几乎家家店中央都摆有茶桌，都是为顾客备的，看似一道地域文化的特殊风景。然而我们所到的十余家各类店，大多数店主注意力只在我们是否购物上，而淡忘了他们的茶桌。唯有那位年轻店主，用真诚的态度和平静的心气，使功夫茶出神入化，使卖与买升华到了精神的层面，体现了文明的特征。

人们推崇儒商，年轻的店主虽然未有关于书本学问的谈吐，但他身上却让我感觉到一种"儒"气。我从他那功夫茶里真正品尝出了传统文化的优秀和美丽。

我警惕的年轻人

这是在炎热的大暑天。

在市郊针织纺织品市场站上二路公交车，车上已挤满了人。尽管我已年过六旬该算老人，尽管座位上坐的全比我年轻，凭经验，我并不怀有人给我让座的希望，一手拎公文包，一手抓紧头顶上的横杆。

　　车子开动后，我开始从寻找合适的站位转向注意前后左右紧挨的人——如今这世风，在公交车上拥挤的人员尤其复杂，我无数次听说过发生的各种不安全事件，不能不本能地保持警惕。

　　引起我注意的是左边和我并排站着的一位年轻人。他二十多岁，高高的、瘦瘦的，穿着比较随便，上身是深灰绿色圆领汗衫，下身是米色休闲长裤，不讲究也不落拓，不过依我的判断，他是外地人，说明确点，是贫困地区来的打工仔或者游民。这年月，贫困地区的人大量流向江南城市，我们城里人几乎认为城市里各种不安全事件大都是这类人员制造的，心理上不能不对这样一种人怀戒心，我也是。这时我意识到，我裤子的后袋里还有一些零钱，还有一只才买了不久的手机，便将腹部紧贴靠近自己的一张椅子靠背稳住身子，右手松开横杆，从裤子后边袋里一把掏出手机和零钱，艰难地拉开公文包拉链放了进去，又重新将包拉严实。我时时留意着那年轻人的动静。

　　车行了将近两站，售票员预告下一站时，紧靠那年轻人的座位上，一个壮年人站起来顿了一顿，看看前边，却又坐下，显然是马上就要下车，却还不放弃最后十几秒坐着的享受。我下意识朝他一瞥，产生了等他让出座位就去占据的一闪念，又随即本能地朝那瘦高的年轻人扫了一眼。那座位靠近他，照例该轮到他坐，我不可能去争，脸便转向了窗外。

车停下，那壮年人站起来下车了。我偶尔一转脸，见那青年面前的座位空着，而他却依然站着。也只是瞬间，我正疑惑，他轻声对我说"您坐"——确实是外地口音，神情有点拘谨。这一刹那，我感到意外而又意外，不由得愣了一下，带着迟疑过去坐下了。我想，他不坐，大概是下一站也要下车。

然而并不是，又过了三四站，他才下车。他下车时，受良知逼迫，我必须说声谢谢。我说了，说得很轻，很不自在，包含着歉疚和尴尬。

能不吗？

起初我把他当贼防范，在意识里歧视了他，侮辱了他的人格——虽然他不会知道，而他的行动却让我感到他比这城市里许多歧视他的"城里人"善良、有教养。这让我明白，在当今，无论城市人还是贫困落后地区来的打工者，都是既有高素质的，也有低素质的，既有善良的，也有邪恶的，只是表现的领域和方式不同罢了。我误会他，心里久久不安。然而，能完全怪我吗？我的这种心理其实也是被环境扭曲的。

古 玉

亮光

我上了二路公共汽车。这是起点站,我要坐到终点站。还好,上车时还有座位。不过不一会儿就全坐满了,开车时,就有好几个人站着了。

车到第二站,上来了一对青年夫妻,都是高挑个子。男的抱着个四五个月的婴儿,见没座,就一手挽抱婴儿,一手抓住横在头顶的扶手杠。女的紧挨男人拉住扶手杠站着。那男的一手抱婴儿,一手吊住杠子挺艰难。车开动了,我环顾四周,有座的全都比我年轻,半数以上是青年,却没人让座。

我心情不由得沉重起来。

我这个人平日迷于埋头写作,不喜欢出门找人交往,也不爱购物、闲逛,乘公共汽车的回数不多。不过每回乘公交车总抱这样的态度:一是如果没有轮上坐,年轻时能站,无所谓;如今年逾六旬,依旧不巴望别人给我让座,我尚手轻脚健,行动灵便,不想让人看作已经是真正的老人，如果真有人给我让座，我反而会有一种莫名的伤感。二是我若有座位，会随时让给更需要坐的人。我不是学谁，自己是文化人，工作的责任是修补人的灵魂，身体力行也是这种责任的重要组成部分，应该是一种自觉的行为。在商品经济大潮的冲击下，社会风气和国民的品性实在令人忧虑，乘公交车愿意为老、幼、病、残者让座的越来越少。在我眼中，这人世间好比布满无数支蜡烛的大厅，一个个人就好比这些蜡烛，有的在燃烧着闪耀着良知和博爱的光亮，照亮着大厅；有的善心、良知却萎缩了，熄灭了这种光亮，熄灭得越多，大厅就越暗淡。单从公共汽车上眼前这一幕，这个"大厅"就幽暗到了令人吃惊的程度，令我产生悲凉的感觉。所以我年过花甲仍要固执地坚持给需要者让座，让这个"大厅"里多添一支烛光，保持着这种光亮与黑暗的对比，让人们知道世间还有也应该有这种光亮。所以有时我上车甚至有意动作迅速些争取占一张座位，准备着随时为需要的人让座。

这时我从座位上站起身来，轻轻拍了拍背朝着我的男青年肩头，招呼他过来坐，他回头朝我望了望，目光中带着诧异，随后抱着婴儿过来坐下。婴儿终于安稳地躺在他怀里。我手抓住扶手杠站在他旁边，望着婴儿，竟产生一点自豪、神圣甚至快乐。

古　玉

随后，他的妻子——婴儿的母亲也抓着扶手杠移过来，移到我身旁。那情势，似要我再让开些，让她紧挨着抱孩子的丈夫。

我让过了两步，心里冒出一点隐隐的不适：是我主动让你抱孩子的丈夫坐，你怎么还得寸进尺，于是我突然意识到，那男青年坐下时连"谢谢"都没有说一声，对我这个年长者让座竟无动于衷。过去我总是鄙视那些不让座者，这回倒让我看到了另一面，这其实也是熄灭的蜡烛，也与导致不让座者弥众不无关系。其实，接受让座者说声谢谢不仅是对让座者的一种回报，更应是对别人付出友爱的一种感情呼应。屡呼无应，谁还再呼？这对年轻夫妻如此冷漠，他们怀中的孩子将来又会是怎样？我展望未来的"大厅"，似乎一片漆黑。

车行了两站，年轻的父亲抱着孩子站了起来，准备下车了，朝站在旁边的我望一望，轻轻地说了声"谢谢"，说得好像有点尴尬。我想，我给他让座时，大概他以为我不久就要下车，用不着谢，现在他要下车，却见我无下车的迹象，才意识到该说声"谢谢"。我这样解释，也并不是为宽容他，而是依旧认为他有欠缺，是一星被风吹得忽明忽暗的火；依我看，即使我是下车时自然空出座位，事先招呼他坐，也是对他们的关爱，否则，座位也会被别人占去，

他如果良知的烛火明亮,也不该没有反应。

不过,他终究还没有完全冷酷、麻木。蜡烛火苗还在悠悠闪烁。我看到了它还有一星光,盼它能明亮起来。

得与失

我受乡下一个年老体弱的亲戚之托,到电器调剂市场买了一台二手彩电,骑着电动车跟着送货的三轮车,到家门口停车锁车时,突然发现我随身带的一只黑皮包没了。我想,也许是我付电视机款时,将包放在那摊位的哪台旧电视机上,只顾忙着将买的电视机装车,临走忘记拿了。包里的东西总价值不超过四百元钱,不过半个月工资,倒是还有一些发票、文字稿和电话号码小本本,对于我的意义更重要。我心急如焚,没顾上等送货人把电视机搬进屋,跟老伴说了声,就立即又骑电动车匆匆赶往二手家用电器市场。

那只包能不能找回?一路上,我心里一直在做占卜。

古　玉

赶了四分之三的路程,到近新丰桥,前面五六十米处有个身材魁梧的壮年男子急匆匆迎面奔跑过来,也真巧,就这时刻,我看到从他身上有什么小东西掉下落到地上。眨眼间我便与那人擦肩而过,近了,那落在地上的东西看清了,原来是一串钥匙。我刹住了车,回头想叫喊,那人却已横穿过马路,向长途汽车站跑去,相距好几十米,马路上如流的行人车辆在喧闹,他压根儿听不见我的叫喊。此时已经是中午十一点一刻,要去找我的包,时间已十分紧迫。我不是基督徒,也不是佛教、道教的信奉者,然而这一刹那,却仿佛感觉到天上有双良知的眼睛盯着我,脑海里当即做了闪电般神速的犹豫、权衡和抉择:我的包能不能找回,并不见得决定于早去一会儿还是迟去一会儿,而眼前我却可以决定那陌生汉子一次得还是失,只需举手之劳,便可以立见成效……我便捡起钥匙骑车追上去,追到了他身边停住车"嗨"地大声招呼他,他带着莫名其妙的眼神朝我望了望,不加理睬,又急匆匆朝前走。我就再超到前边横过车将他拦住,把钥匙交给了他。

他才明白原委,连说了两声"谢谢",又急匆匆往前小跑。

我猜想,他是外地人,要赶班车。他模样像中学教师,也像银行职员、医生或科技工作者,那串钥匙得与失对他重要的程度如何，我无法可知。

我赶到调剂市场，那摊主却说没有看见什么包，我只能接受失望。我想起来了，头次骑车来市场买电视机时，包是放在车龙头前的网篮里的。也许是刚到这市场门口停车锁车，只顾买挑好合适的电视机付好款，只顾帮运送工装车，把包搁在车前网篮里，被路人顺手拎走了——好在钱包没放在那里边。

骑车回家路上，我虽有丢失包的沮丧，心情就如密布的阴云，但想到帮他人找到丢失了的钥匙，便有几分安慰，把那阴云挤开，洒下一片灿烂的阳光。

我想起三年前我参观一位名人的故居，见墙上一个镜框里镶着后人书录的他一段名言："我不知道究竟有没有天堂和地狱，然而我每做了有益于他人的事，便会觉得如在天堂里一般幸福和快乐；每发现自己做了对他人有害的事，就会像在地狱里受折磨般痛苦。"读到这段话时，我觉得有一种崇高和神圣所发出的巨大力量，心灵曾受到震撼和感染。我没有那位名人那么高的人生境界，然而想到了他的话，便恍恍然觉得自己的灵魂也被他点化而向上浮升。

于是也对人生的得与失有了新的体验、新的觉悟，于是我也有了幸福的感觉。

古　玉

送货人

　　我家又淘汰旧的夏普冰箱，买了新的对开门的 TCL，像老的西式大衣柜，536 升。送货上门的是个三十多岁的壮汉，冰箱拉到单元门口，我家住底层，不用上楼，他说一个人没法儿拿进门，要我们找个人帮忙，我只好找小区保安。这时，我忽然回想起十八年前一次买冰箱的送货人。

　　那时我还住在一个老小区，用了十五年的 130 升香雪海牌单门冰箱突然坏了，当时偏偏是大年三十，坏得真不是时候，单位分的过节鱼肉、自家买的禽虾，正是最需要冰箱的紧要关头。老伴说："这冰箱也用得连本带利都捞回来了，早该退休了，买台新的吧！"

　　家里急等冰箱用，大年初一上午，我和老伴赶到家电城，选定一台沪产三门夏普，绿色、无霜的，245 升，是当时最大的型号。

　　卖冰箱的商家负责送货上门。付钱开票后，柜上负责人说，送货的都不是商场的正式职工，是揽送货活的散工，

春节期间大都休息了，难找，不过他们会尽量想办法找，最迟不超过大年初五。

没想到，就在当天下午三点钟，单元的电子保安门门铃被按响，从保安对讲机中传来一个陌生男子的声音："你们家是买夏普冰箱的吗？"

是送货的来了，竟这么快。我立即揿了遥控开关开了单元保安门。

四层的楼房，我家住四楼，没电梯。

不一会儿，便见一个汉子背着一台大冰箱在楼梯转弯处出现，踏着上四楼这最后一段楼梯一步一步登上来。245升的夏普三门冰箱，用包装箱装着，高该超过一米五。这送货人四十多岁，高约一米七六，算不得魁梧，一个人将冰箱背上四楼，其艰难程度可以想象，着实令人惊讶。当他跨完最后一级楼梯来到我面前时，我骤然发现，他背冰箱上楼并没有专用的绳子或者背带络着，而是只凭两手在身后钩住包装箱上的包装塑料带，其中一只左手竟还没有手掌，肘子只有光秃秃的掌根，我心儿不由得一震。

送货人将冰箱驮进门，按我指定的位置放下，将包装箱拆开，接上电源试了试。他干这些活时，那没有手掌的左肘一直在舞动，配合和辅助着右手，我的心也随着它的舞动而不断颤抖。

古　玉

听他口音，是本市市区人，上身是一件旧的黑色化纤面料夹克衫，裤子是深灰的，脚穿褪了色的旧军用胶鞋，粗纱的白长筒袜套在裤管上，完全是一个苦力的穿戴。我想他可能原是哪家工厂的职工，左掌可能是出工伤失掉的。这年月，企业不断有人员下岗，他这样的残疾人当然更不可能在岗，至多能比普通下岗工人稍许多拿一点残疾补助费。只有一只手了，还到商家揽送货的重活干，可见生活窘迫的程度。在我看来，送这么大的冰箱到四楼，该需要两个身强力壮的汉子，而残疾的他却一人担下了。我心生怜悯，趁他还在试冰箱，我便将老伴叫到房里背着他商量了一下，我们都认为，这又是过年，应该另外对他有点表示，我拿出一张"大团结"钞票，用红纸包上，作为小费递给他。

他却用右手挡住钞票，连声说："不要不要。"

我与老伴都以为他是不好意思的客套，又以十分诚恳的态度劝他收下。最后我还是硬将钞票塞到了他夹克衫左边口袋里，又捂住他衣袋说："算了算了，是我们的一点心意，新年取点吉兆，别推了。"

他竟像受了侮辱似的，脸上神情唰地变得十分严肃甚至带有愤懑，以冷峻的目光盯着我，将右手伸向左边去掏衣袋，硬是将那张十元的钞票掏了出来扔到桌子上，严正地说："跟你们说不要的嘛！商场会给我工钱！"

我和老伴都愣住：这都20世纪90年代末期了，人们普遍都"向钱看"，这个独掌送货人从事超强度劳动挣钱，竟坚决不要这十元小费，真令我惊异！我想，大概商场对他们有规定，不可以直接收钱。其实，即使有规定，收下这钱，商场哪会知道呢！他既然不肯收现金，我一转念，从抽屉里找了一包红塔山香烟递给他，心想这样他该不用顾忌违反纪律。

然而，他还是推着，正色地说："这也不要。"

我又一次尴尬了，拿着香烟不知所措。

他稍微怔了怔，看看我，便将香烟接了过去。

我轻轻地舒了口气。

谁知，他将那包香烟拆开，抽出一支，其余便又丢到桌子上。他点上那支烟吸了一口，平和地对我说："吸一支，我就不客气了；整包的，我是不会拿的。"说着就转身走出门去。

我心里依然有了强烈的悬念，随即将他送到楼梯口，忍不住喊住他问："连香烟都不收，商场给你们定的规矩这么严呀？"

他停下脚，回过头来，似笑非笑地说："我是散工，他们能给我定什么规矩呀！"说完，一步一步走下楼去了。他的脚步是那么踏实、坚定、坦荡。

古 玉

知子

老舒是作家,已六十好几。他长子已年近四十,在北京工作,已担任了处级领导职务,国庆节前与后要到南京、上海处理公务,中间顺便回毗陵待两天,看望父母和弟、妹,给老舒带了两斤茶叶、一套西装,表了一份孝心。

其实老舒最需要的并不是物质,而是想与儿子谈点家事,也谈他的写作近况。儿子却都似听非听,急急打电话叫一位当地报社记者过来聊聊。

那记者早年写作受过老舒辅导,也写诗和小说,比老舒儿子年长十岁,与老舒关系很亲近,几十年来一直在舒家出入,与舒家每个成员都很熟。儿子本业余热爱写作,记者一来,儿子竟完全忽视了老舒这个父亲的存在,只顾专注地对记者背诵他新写的两首歌词——他这点有些像老舒,写了新作,喜欢先给文友看看,既盼望得到肯定,也盼听取修改建议。而这时,老舒却有备受冷落的感觉,心里有点不适。那记者也真诚,将他儿子的歌词抄下,说带

回去帮推敲推敲。儿子告诉对方，已定好3日下午的火车去上海。记者便说，到3日上午再来谈意见。

第二天下午，儿子去参加了老同学聚会，闹到晚上将十点，打了个电话回来，说是3日上午有位老同学自己开车去上海，他决定提前动身，坐那位老同学的便车，还说他马上就回家，叫老舒打电话问那位记者，能不能马上赶过来谈歌词意见。

老舒一听就恼火，教训他说："已经晚上十点多，这么晚了叫人家赶来，对人极不尊重！"然后重重地挂掉电话。儿子回到家，还来跟老舒强辩，而且口气也不好："我临时情况有变，晚上叫他来是难得一次，有什么关系！"老舒积在胸中的火气早已亟待喷发，便怒不可遏厉声训斥了他。

儿子忍受不了，连夜愤愤拎起行李倔出家门，去宾馆开房住下。老舒看儿子那气势，明天一早就要直接去上海了，不会再回家来告别。老舒心想：你小子当了点芝麻绿豆官，指挥部下惯了，现在把这种惯性带到了家里，以这种作风对待朋友，太过分了！做老子的既恼火，也感到忧虑。

哪知道，第二天吃过早饭，儿子又带着行李箱回来了。老舒坐在书房电脑前只顾写作，不理睬。儿子却直走到他背后，像调皮的小孩那样，两手搭上他两肩，边轻轻抚摩边嬉笑着说："呵呵，昨天我没大没小，别生我气啊！我依旧下午乘火车去上海了。"这一招是点穴功,有神效,老舒的气也就全消了。

不一会儿,那记者如约来了。讨论歌词时,儿子十分专注,虚心倾听对方意见,老舒便开始感觉到儿子内心的急切:

儿子二十四岁开始发表作品,二十六岁便加入了中国作家协会,从小说的短篇、中篇、长篇到大型话剧、电影、电视连续剧,获得了当代文学奖、小说月报百花奖……其实,儿子的正业是在国家部委的部门工作,文学只属业余爱好,当一般干部和副职领导时,还是有较多业余时间从事创作,可以瘾头十足地放开痛饮文学的美酒,最近这两三年,他大小也是个处级正职的"官"了,正业工作担子和责任都加重了许多,人在"官场",身不由己,繁杂的公务常常侵占他业余时间,文学的"美酒"无奈地戒掉了,他心里难免产生失落感,也难免会恐慌、失衡。好不容易挤出一丁点时间,每年有一两首由他作词的歌曲制作成MTV,在中央电视台八套"影视金曲"中播放,然而每年的文学创作也仅是一两首歌词而已了,与当年相比,简直是百分之一二。儿子说,这回去上海,就是要把这歌词送给上海音乐学院一位作曲家谱曲。

老舒终于明白:难怪他对这两首歌词这么在意,这也许是他对文学的饥渴难得饮到的一两滴甘露,也正是他与文学维系情缘尽可能做出的一点努力,是紧牵着的有朝一日重返文学天地驰骋的一条缰绳。想到这里,老舒又觉得,儿子也值得理解和体谅。不过他夜里叫人过来讨论歌词,还是对别人不够尊重。老舒想:他那是一时情绪冲动,过后冷静回顾,会意识到这一点。不过,等记者走后,老舒还是对儿子提醒了一次。

儿子这回调皮地回答说:"接受教诲,茅塞顿开。"

老舒心舒爽了,不由得感慨:"知子莫如父","知父莫如子",其实都很难说,普通的人之间要"知"更难。那种真正的"知"需要有想知的愿望、求知的耐心,也需要有能知的水平、品位和修养。所提倡的人与人之间的理解又有多少是能够做到的啊!

宽慰

在省城工作的耀文接到乡下老弟来信:老父犯咳嗽气喘,让村保健站治疗了一个多月,不仅不见好转,反而愈加严重。耀文从省城赶回家,老人已被送进乡医院,接氧用药两天两夜了,病情忽轻忽重,还不稳定。

老弟问:"是不是叫辆救护车转送县医院?"

耀文想想,县医院没有熟人,弄张床位,要七转八弯找关系大费周折;这些日,从保健站到乡医院,医药费已花去五百多元,花掉了他半年的工资,县医院收费更高,花用更多;何况乡医院并没有建议转院,倘若再治疗几天能有转机,何必去白费大笔钱财、白耗大量精力!

老人在乡医院又住了三天,病更危急,医生表示为难,耀文终于不得不叫救护车转送县医院。县医院医生一查诊,下了个残酷的结论:"来得太晚了,看来过不了明天。"

第二天傍晚,老人鼻孔里拖挂着氧气管离开了人世。

按照当地乡村习俗,老人遗体运回家铺设了灵堂,让亲友凭吊,等三朝出殡。耀文作为长子,入乡随俗,戴了白帽,系了白腰带,守灵尽孝,满怀悲痛自不必说。其实世人自一岁的死到百岁的都有,谁都必有生命终止的一天。人死也不能复生。耀文毕竟已过不惑之年,这些起码的道理岂会不懂,自能注意节哀。倒是县医院医生那句"来得太晚了"的话像块磐石重压在他心头,使他暗怀遗憾和疚意,灵魂不安。

"才七十三岁,唉,按理还正好活活呢……"来奔丧的亲友中偏偏不止一个发这样的感叹。

也是，按"人生七十古来稀"的说法，虽也可算长寿，但如今已是20世纪90年代初，不是"古来"，年过八旬也算不得稀了。老人生活在这江南临近运河的乡村，有白头偕老的耀文娘为伴，有耀文的老弟夫妻俩同住两间新楼朝夕伺候，有耀文按月捎钱补贴，饭菜三天两头有荤腥，可以天天看看电视、听听戏，若不是"来得太晚了"，说不定还能享上十年八年的清福呢！亲友的哀叹对于耀文来说等于指责。他内心的遗憾、疚意油然转化成沉痛的负罪感：我竟为顾忌医药费开支而拖误了老人的生命，真混账！

"医生的诊断到底是什么病？"耀文一个在县城工作的老同学也赶来吊唁，关切地问。

"说是气管炎转成'慢支'急性发作。"耀文是听县医院医生这么说的。话出口就随即想到，这可能引起对方说出"要是及时抢救"这类假设性的话，又连忙补充，"不过从他病情发展过程来看，我总觉得不像是。"

"有哪些症状？"老同学似有些兴趣。

"连咳了一个多月，饭量逐渐减少，身子消瘦得厉害。到最后喘气都喘不出。"

老同学竟有所发现："这倒跟我那前年去世的老丈人的病差不多。"

耀文顿时提起了精神,急切地问:"医生诊断你老丈人患的是什么病?"

"肺癌。"

"哦!"耀文像在风浪里游得精疲力竭突然抱到一根木头,"我爹会不会也是肺癌?会不会是医生马虎没有诊断正确?"

"这很有可能。"

若是肺癌,别说赶早送县医院,即使遇到神仙也没有用!耀文长长地舒了口气:"这倒也不要说他了。"

"是啊!你也尽到责任了。"老同学安慰他说。

可不是嘛,耀文从省城一赶到家,就到乡医院日夜守在老人病床边,一直到老人在县医院归天,四个昼夜没有正儿八经睡上一觉,熬得疲惫不堪,到现在眼睛还是红红的呢……耀文想到这些,觉得自己也算对得起老人了。他对在一旁哭泣的七旬老母说:"娘,我这同学说,爹的病跟他丈人一样,是肺癌。"

老母住了低泣,抬起泪眼:"是吗?"

耀文又对老同学说:"这下倒也好丢心掉落,好多花点心血照顾好老母了。"

"倒也是。还是让老伯母多享几年福吧!"

耀文心头的磐石终于搬开。

雕刻友情

农历腊月初,被誉为"海内留青第一家"的竹刻艺术家徐君从上海回毗陵老家,来到我家,闲聊时忽然问我:"你还没有我的东西吧?""东西"是指他的留青竹刻作品,这问得我很尴尬。

徐君原与我同居在毗陵,十年前因名气大了而移居上海。20世纪90年代初,我写过几篇研究他作品艺术成就的文章,在《人民日报》海外版、香港《美术家》和《中国文物世界》等发表了,算是为他的艺术发展起了点辅助作用。他说过要给我一件留青竹刻,也许有对我表示谢意的成分。那时海外收藏家觅他一块臂搁,已达三四千元人民币,超过我两年的工资。我对收藏艺术品素不热衷,也未有要他回报的念头。后来他并没有给我,我不在意。他雕刻一件作品需埋头半月甚至一个月,我哪好意思心存期盼。随着他知名度不断扩大,到前年,一件作品已达十多万元,他说送我作品许诺已在我记忆中彻底消失。

古　玉

如今相隔十余年了，冷灰里又爆热火星，他又重提这话头，叫我怎么回答？我不愿让他窘迫，只是笑笑。

他却又说："你没有我的东西，说不过去，应该给你一件。"此话我也姑且听之，并没有当一回事。

之后他回了一趟上海，再返毗陵过春节，小年夜又来我家，竟真的拿来一块留青臂搁，用锦盒装着，盒上有他亲笔题签。这件作品还是收入上海古籍出版社出版发行的他的作品集《竹刻留青第一家》，更加珍贵。他不当回事地放在我家茶几上，我也没有客套推辞，送与接受都平平静静。去年上海嘉德秋季拍卖会，他卖出的三件留青被送去拍卖全部成交，最高的一件达三十一万元。

他决定送我这块留青竹刻时，会不会想着它值多少钱呢？我相信他不会，要不，他怎么舍得！

无论当地外地，都有许多上层人士渴望收藏他的作品，有些当权者和豪富以有他的留青竹刻为自豪。香港警察总署署长、美国华美协进会会长、省委宣传部副部长等多位政界要员和豪富不远千里万里专程赶到他家拜访。他面对这些，都是波澜不惊、不卑不亢。有些有权有钱的，有的说到他有架子，有的说他精明。

他与我之间的相处很随意，七年前，有位好友送我一把紫砂大师做的紫砂壶坯，他来看了，主动说："我给你在

上面刻些字画。"第二天，他带着刻刀来到我这里，关在房间里在壶坯上花了整整一上午，一面刻的竹子，一面刻的是董必武诗："竹叶青青不肯黄，枝条楚楚耐寒霜。昭苏万物春风里，更有笋尖出土忙。"

我打算冬天去广州、深圳，想带两把普通紫砂茶壶去送朋友，打电话叫他回毗陵陪我去趟宜兴到陶瓷市场去帮我挑。他却主动提出说："别买烧好的壶，去买质量好的壶坯，我给你刻。既是送朋友，就送好一点的。"其实这时宜兴请他刻一把壶的字画得三四千元了。

他去上海定居五六年后，一年回毗陵几趟，大都要到我家来一两趟，有时聊到深夜十一二点才离开，他也常常还要拉我出去请我吃晚饭闲谈，一点都不摆大艺术家的架子。

近日他又回毗陵，晚上他来我家闲谈说到，不久前上海有行里人去他家拜访，说："徐先生，你一定能见到你的作品一件价位能上百万元。"

他回答说："即使外界炒到两百万，我该送还是要赠送，好友对我的情义和我送好的作品都不是金钱可以衡量的。"他还说："如今回头冷静想想，一路没有朋友的帮忙，我是不可能取得如此成功的，你们写的每一篇文章都是为我登上高台铺垫的一级级石阶，其中少了一级，我就可能攀登不上，我永远不会忘记朋友的支持。"

是啊，有位好友说过，人一生要做到三感，即感觉——不麻木，感悟——认识常能升华，感恩——便是个不浅薄有品位的人。徐君便是这样的人，如今身价随直升机上升，却始终清醒、平静，说话无傲气，处事不张扬；有时他不热情对待的恰是不端正使用的权势，似有几分郑板桥风骨。他也说过："钱多了有什么用？维持正常的优裕生活，也就只需要那么点！"他对钱的清醒认识正如有人调侃的彻悟："到时阎王爷只要命不要钱。"写下这些不知其他从艺者是否可以得到点启示。

徐君为我刻过扇骨、刻过两把紫砂壶，又送我留青，最近又主动要帮我刻壶，从不讲代价，为我雕刻的都是友情。

之光先生

本市佛学院将举行开学庆典，吴之光先生拟了句子，打电话要我写幅书法，装裱并装镜框，作为武进民族宗教事务局贺礼。我敬重他的人品，早就对他说过："你如果有什么礼节性活动需要我写字,只管说,打个电话就行。"我已按他要求做过多次。这回我又照办了。

我是1980年家搬进那个新村公寓楼居住才认识吴之光的,与他同住一栋楼做了二十年邻居,却并无来往,只知他原在县农业局工作。与他交往,却是在我家即将搬离那新村时开始的,是因为我主持创办了个文化内刊,他常来投稿,还总亲自送来。我这才知道他一直在从事志史和佛教文化研究,担任毗陵市佛教文化研究会的副会长,与我同任市民间文艺家协会顾问。

之光先生研究佛教文化,是做真学问,是在努力从思想文化层面思考和发现。他撰写过许多篇论文,都具有相当的学术性,如《瞿秋白的佛学思想》一文在《上海师大学报》发表,收入省瞿秋白研究会编辑出版的论文集,获得几位名教授的赞赏。他关于吴文化研究的论文也多次在《吴文化博览》等书刊发表或出版。他在学识上敢于挑战公认的名人、权威,但并不是那种不负责任的标新立异,而是有严密的考证和言之成理令人信服的论述。

更令人敬佩的是,他重汲取佛教文化中民主性精华,能与自身人格修炼融为一体。他和老伴原都是行政干部,还都享受离休待遇,工资比一般干部高出一大截,生活却很简朴,住在公寓房,至今还是石灰墙面水泥地,还是20

世纪50年代的老家具；老两口穿衣朴素得令人惊讶，都还是一副"工农干部"打扮；吃也是以素食为主，过着在许多人看来是苦行僧的生活，却长期资助贫困大学生。1998年夏，北京师大受他资助的贫困学生来常州拜访他，他还特地领到我办公室，要我给她谈点人文知识，让她接受点思想文化熏陶。

他被无锡吴学研究所聘为特约研究员，随即又陆续推荐我受聘，毫无文人相之意，反而有相亲之心。他的胞妹曾经任过毗陵市委书记、国家某部部长，是棵"大树"，许多人认为可以大靠特靠，找老吴要求"帮忙"，有的许诺的回报令人吃惊，甚至要赠别墅、轿车，但他都一概拒绝，绝不沾妹子半点"佛光"，坚持过着俭朴的生活，这可见他有超常的定力。

他还在协助地方党政宗教管理部门做协调联络工作，经常奔波于各寺院，传播有利于当代人道德建设的文化精华，及资助贫困大学生。

五年前，他与我同去无锡的吴文化公园，参观一座庙宇时，我提到佛教禅宗第六代祖师惠能夜宿破庙拆木雕偶像烤火御寒的故事，他接口说："佛教本是劝人为善，佛经是教材，偶像是教具，僧人是教员。"在我看来，他倒真是心中有佛，这个"佛"不是迷信的神力，而是自身的善心和良知。他研究佛教文化，世界著名佛学大师净空曾亲自写书信称道他。

他研究吴文化做出了贡献，被吴学研究所授予"文化新愚公"称号，获得荣誉铜牌上刻有"开拓了大吴文化理论体系"的评价。

如今，吴之光已七十六岁，鹤发童颜，思维依然敏捷，行动依然灵便，走路轻捷生风。他作为佛教文化的学者，在以这种文化的精华虔诚"度"己，洁身自好，也努力地"度"人，既以物质，更以精神。

钱老

客厅长沙发所靠墙上挂着一只方形大镜框，里边镶着上、下两幅扇面，是用墨绿色绫子装裱了边框。两幅原是一把扇面的两面，因为在扇子上破裂了，才取下装裱成了镜片。扇子原是二十年前留青竹刻大家徐君送给我的，还在两根主扇骨上落刀雕刻，一根上雕刻画，是几枝竹子；

一根上刻的字是郑板桥的诗《题竹石画》。那时与我过往甚密的毗陵一位名画家为我在扇面一面画上了《鸣雷卷雪图》,又陪我去拜望德高望重的前辈、著名书法家钱小山老先生,央钱老在扇面另一面留点墨宝,又获钱老书写自吟的七绝一首。一把扇子上,一有徐君的浅刻,二有名画家的丹青,三有钱老的翰墨,四有钱老的诗作,都是代表当时毗陵文艺界单项顶尖水平,真正可谓珠联璧合。曾有人写过一篇题为《一扇四绝》的短文,在市报做过简要介绍并附登过扇面图。扇面两面揭分成两幅,至今装入镜框挂在客厅,其中一面凝钱老先生一人"二绝",朝夕能见,老先生音容笑貌也常在眼前闪现。

折扇一面《鸣雷卷雪图》画的是"惊涛裂岸""卷起千堆雪",原是引东坡词意联系着表现我的名字"涛声",画是惊涛拍岸,题有"鸣雷",便是"涛声"了,这应是有巧妙的艺术构思,可见其独运的匠心,具有了中国传统艺术值得玩味的品质。钱小山老先生知道我从事文学创作,观画生情,赋诗一首:

> 为写鸣雷卷雪图,
> 卧游咫尺胜江湖。
> 扁舟一叶同携酒,

倘许风流接大苏。

钱老屈尊与我"同舟携酒",又联上苏轼抬举我——恰切地说,是对我的鼓励和期望;老先生家学渊源,他父亲钱名山(字振煌)是晚清进士,也是与康、梁有交往的著名学者、名书家,钱小山本人也是毗陵第一位中国书法家协会会员。他的书法有名山遗风,诗与书法相融一体,颇具儒风雅韵,我十分喜欢。

我与老先生并没有交往,只见过他三次。第一次是20世纪70年代末,钱老先生以民主人士身份担任市文化局(那时还叫文化处)的首长,当时文化局还在怀德桥和南运桥之间的老式平房里,是那位画家要找他,让我陪同,见面的情景也在记忆中模糊不清了。第二次是在20世纪80年代中,那位画家陪我去请他给扇面留墨宝,依稀记得那时他住在市中心小营前,已年过七十,满头银发,白净而又略显清癯的面庞,一派仙风道骨。他有点耳背,画家张他耳朵介绍了我,他就笑着对我说:"呵,作家,我在市报上读过你的小说。"他很乐意地答应了我的要求。当时我也真马虎,登他的门连水果都没带,起码的礼节都没有,他照样热情接待我,一点不在意,这是否也可说明他对名利的淡泊、品性高洁?

后来他写好扇面让画家带回给我，另外还写了一副对联和一幅立轴送我，给了我一份意外的惊喜。而事后我也稀里糊涂没有去回谢，至今想来有愧。第三次见他，大约在 20 世纪 80 年代后期，是毗陵成立散文学会，请了外地一位散文诗作家来做讲座，在市新华书店楼上会议室，我和钱老都被通知去听讲。钱老是毗陵文化界泰斗，又任过市政协副主席，是真正的德高望重，那时他年已八旬，也悄然来到会场，静静地坐着，专注地听着讲座及其他人的发言，散会时悄然地离开，完全是普通作者求知的情态，没有半点大文人的傲气，没发表高论，更没有丝毫高官架势，没作指示，也不是那种其实包装起来有高人一等内核的"平易近人"，纯粹就是怀平常心的平常人形象。钱老为人的那种境界，这是得道于名门高风，也是传统文化优秀的方面在他身上闪现的精神风采。文化人、公仆，有多少人在像钱老那样修炼呢？

与钱老相见的机会仅这么一丁点，他给我留下的却是不可磨灭的印象。钱老作古多年，如今留有他诗、书的扇面挂在客厅，朝夕能见，每每凝望，不由得入思，眼前便会浮现他当年那神态，那容颜……我敬仰之心长怀。

圣旨安放案

毗陵城东门外钱家门口有一座牌坊,是祖上任御使时咸丰皇帝下御旨所立。立坊的圣旨用雕花红木小箱子装着放在神龛里,一直供奉在堂前。到清光绪年间,传到第三代的钱敬祖,没有官职,仗着祖荫也有个员外的身份,他为显耀,把装圣旨的红木雕花盒连神龛移放到了牌坊匾额下沿突出的横石条上。放置那天,锣鼓、鞭炮、丝竹齐鸣,还请毗陵知县徐竹山到场。

钱家斜对面是一家小染坊,坊主叫蔡福根。这天,蔡福根在临近牌坊空地架放多个三脚架上搁长篙晾晒染好的布,拿着一根长篙转身时,竹梢碰到了放圣旨的神龛,神龛从架上掉落到地上,正好被钱家家丁看到,钱员外带领两个家丁闯到蔡福根家,说是冒犯圣旨,犯下大罪,把蔡福根绑起来要去衙门见官。蔡福根家里人一齐跪下求饶,钱员外终于松口,说:"念你们可怜,可以不送官治罪,不过神龛有损坏,得赔钱。"他狮子大开口,要五十两银子。

染坊全部资产都不值五十两,哪里赔得起,蔡福根一家四口哭着苦苦哀求,不少围来看热闹的人也帮蔡家求情。

钱员外说:"看你家可怜,就赔二十两吧,不过还要放鞭炮重新安放上去。"蔡家只好答应。

这事很快在全城传开,凡经过钱家门前牌坊的,都提心吊胆,怕放圣旨的神龛会掉下来横祸降身。

这天,蔡福根刚吃完晚饭,有个人找上门来说,卜灵望先生请他去。

卜灵望是个讼师,精通法典,善用计谋,家喻户晓,被称为"毗陵徐文长",专帮弱者打官司,老百姓都赞扬他,敬佩他;那些仗势欺人的痛恨他,却又惧怕他。蔡福根十分惊诧:卜先生怎会找我?他惶惑地跟着那人到了卜府。

卜灵望问了圣旨事件的经过,便问蔡福根:"你被敲诈的二十两银子想不想要回来?"

蔡福根知道卜灵望的能耐和名望,可是圣旨确实是他不小心触碰下来的,也知道钱员外与知县老爷有交情,颓丧地说:"哪还能要回来!"

卜灵望说:"你再用竹竿把那神龛挑得掉下来,我就能帮你把理扳回来。"

蔡福根大惊,跪下恳求:"我已经赔掉半条命,再赔就要倾家荡产了,还是饶了我吧!"

卜灵望把他扶起来说:"你几时见我捉弄过好人呀?保证不会让你再赔银子,你若不放心……"说着就转身进内房拿出两只十两的银锭放到他手里:"先让你押着。如果你真得再赔,不管多少,全由我承担。"

蔡福根双手慌忙挡住银子说:"不用不用。先生要我怎样做?"

卜灵望说:"明天吃早饭时,我就到你家附近的'雅茗轩'茶馆喝茶,你看到我在,没人经过时,就用竹篙再把那个神龛捅下来,之后顺我意思行事就行。"

第二天早饭时,蔡福根悄悄到"雅茗轩"茶馆门前转了转,果真看到卜灵望坐在近门的一张茶桌边。卜灵望也看到了他,点头表示可以行动了。

蔡福根动手晾染色的布了,见牌坊附近没人时,便用竹篙把那上面的神龛捅得掉到了地上,随后把长竹篙搁到三脚架上继续晾布。

卜灵望突然出现了,大声叫:"牌坊上有东西掉下来了!"

钱敬祖在家听见了,随即开门出来,一见地上安放圣旨的神龛,马上气势汹汹地揪住蔡福根衣领说:"肯定又是你,这回可不会轻饶你,赔五十两银子,休想少一分一厘!"

蔡福根正见卜灵望在,心定了,便抵赖说:"不是我,卜先生能帮我证明。"

卜灵望却摇着折扇不说话。

钱敬祖见卜灵望,先是一愣,随后客气地招呼说:"卜先生怎么来了?正好,请先生主持公道。"

卜灵望似笑非笑说:"这事我可主持不了,还是到县衙由徐大人公断。"

钱敬祖求之不得,立刻叫家人把蔡福根押往县衙。

这时已有十多个人围着看热闹。卜灵望叫他们也都跟着去听听县官审案。

徐大人升堂了,钱敬祖咬定神龛又是蔡福根捅下的。

卜灵望便对钱敬祖说:"我要请教钱员外:你祖上是把圣旨安放在哪儿的?"

"供奉在我家堂前。"

"那你为什么要放到牌坊上去?"

钱敬祖说:"凭这圣旨立的牌坊,该放到一起!"

卜灵望接着说:"圣旨供奉在堂前本是奉为至高至尊,搬出来放在牌坊上日晒夜露,究竟是尊崇还是辱没?"他又突然转向知县:"大人你说,是否有欺君之罪?"

徐知县尴尬地说:"这……是不妥,不应该。"

卜灵望又逼问钱敬祖:"那圣旨老被碰得掉下来究竟该

是谁的罪过？"

钱敬祖头上渗出了黄豆大的汗珠。

卜灵望再转脸问知县："既然这样，大人你说，该怎么办？"

"圣旨重新供奉在堂前。"

"那钱员外有辱圣旨，该不该治罪？"

知县支支吾吾说："这……本县一定……惩戒。"

卜灵望又问钱敬祖："你把圣旨移放到牌坊，是不是为了让人碰得掉下来，你好敲人家竹杠？"

钱敬祖慌忙说："不……不是。"

卜灵望又问钱祖望："据蔡福根说，前些日他架竹篙晾布不小心将圣旨碰下过一次，你逼他赔了二十两银子是不是？"

"呃……是。"

卜灵望说："你上次敲蔡福根二十两银子，刚才又说这回五十两不能少一分一厘，好多人听到的，你分明是要把圣旨当作诈财的法宝！"

钱员外惊恐得脸上红一阵、白一阵："不，不是……"

卜灵望又问徐知县："蔡福根被钱员外敲去的二十两银子该怎么办？"

徐知县一怔，无奈地说："如数退还。"

蔡福根收回了二十两银子，吐了恶气，对卜灵望万分感激，当天下午便备糕点、蜜饯到卜府叩头致谢。

卜灵望扶起他说："不用谢，我并不是只为帮你，而是为别人不再遭算计。"

启蒙思想　洗涤心灵
——我与小小说

小小说，也称微型小说。20世纪80年代初，"微型小说"这名称一出现，很快涌现出一支浩浩荡荡的作者队伍，我从1983年开始就在《解放日报》"朝花"副刊连发了多篇微型小说，参加了他们的微型小说征文，并获了奖。《小小说选刊》《百花园》《微型小说选刊》等刊出现，有力地推动了小小说创作队伍和读者群体进一步扩大，在全国形成气候。那个时期，我写了四五十篇。

小说无论大小长短，都能出优秀作品甚至不朽的名作，这是起码的常识。契诃夫的《小公务员之死》、欧·亨利的《麦琪的礼物》《最后一片叶子》、都德的《最后一课》其实都可以说是小小说，只是他们那时还没有分列出小小说这一项。如今，小小说也在《小说选刊》另列"微小说"专栏转载，还纳入鲁奖评选，也正佐证了其在中国文学中的地位。当前我国小小说读者明显多于中长篇小说，这是读者在现代社会快节奏生活中的阅读选择。

我写小小说与写长、中、短篇一样,取材大都是生活中对我心灵有触动的细小事件,通过刻画平凡的人物,透视当代人的性格中传统文化的烙印和西方现代意识的影响,力求体现现实主义的当代性特征。

英国评论家爱·摩·福斯特在《小说面面观》中说:"故事只是时间生活","好的小说则要同时包含价值生活"。我重视故事性,但更注重描写人物的心理演变。每个人一生,时刻都在为自己的行为做大小不同的选择。对同一事物,不同的意识、观念和心理,选择也不相同。不同命运是不同性格逻辑所作选择酿成的结果,即性格决定命运。人作出选择,内心常会产生纠结和矛盾而引起波澜,人物作选择时,内心便有多方面权衡,有复杂的心理活动,这是性格特征的本源。因而我写小说,故事情节大都退在二线,仅作为叙述的框架,而把人物的内在心理和情绪拉到了第一线,作胃肠镜式的内窥,刻画其复杂微妙的变化过程,以求折射特定年代人的社会心理和观念形态,从大众常识的"对"中辨析出实质的错来,并与读者的生活感受和心理体验对接,力求给予读者有益的启示,从而体现小说的审美价值。我力避按主观意图刻意编造曲折、离奇的故事,不求情节惊人,求的是透视真到骨子里的性格,折射出令人耳目一新的新意或深意。

我有一部分小小说是刻画正面形象的，但又是不同性格、不同的情感不同的内涵。如《银洋》中的老宋，受朋友误解受冤甘背黑锅，还变卖田产帮朋友解急，这是对友情的坚守。如《挑脚》中的荣福受对手敌视，在比力气时见对方有危险，还是挺身而出救护，力气大，心胸更宽大。又如《漂荡的月儿》中英俊的吉他手"他"，为了初识的美丽女子"她"要学吉他，竟改主意把原本答应给朋友的吉他教材先给"她"，"她"却不因受讨好而开心，而认为"他"对同学不守信，拒绝了"他"，不因受讨好而忽略对人品的判别。又如《犯倔》中的冯老师自己消费受侵权得到赔偿后，还坚持要惩罚侵权者杜绝再侵害别人，彰显了公民维权的法制意识⋯⋯

记得德国有位汉学家说过，中国文学应当具有忏悔意识（大意）。人们对于人和事物的认识，有感觉、感受、感悟三个层次。我写小小说，如《古玉》《古砚》《这目光》《位置》及《补偿》等，就是揭示其内心隐蔽的纠结与困惑，自省、觉悟。觉悟是良知的复活，包含忏悔。

我的小小说重视揭示国民性的时代性特点，如《财运》《梅桩紫砂壶》《怪味瓜子》《气门芯》《吸烟经》⋯⋯揭示国民劣根性的不同表现，都力求体现不同时代的不同特征，以揭示、调侃、讽刺而施善意的针灸。同时都追求寓言品质，力求有更宽泛的外延。尤其《求》，那种从片面的极度自卑，到一有希望便又转向急于求成，不顾可能带来更大的负面损失，可扩大到可以比拟社会各个领域许多人心理惯性。

接受美学的首倡者、德国文学美学家H.R.姚斯指出，美学实践应包括文学的生产、流通、接受三个方面。我以为，作者"生产"作品的审美理想应当努力接近读者的审美期待，这样能通过读者的审美体验得到补充，从而最大限度实现审美价值。有价值的美是作者和读者共同审出来的。所以我竭力追求读者能需要和接受，因而用通俗、流畅的语言，让人读来轻松、容易、明白，我从不故意求语言风格、特色，没有以语言表现自我的欲望，只求便于与读者心灵对接和沟通。

我笃信作品的品位是作者自身人生境界的再现。有道义担当的作者，首先需要注重自身修炼。我一直以"为人作文同一格"自律，不断加强思想理论修养，力求能有从宏观、大局角度审视微观、局部事物的眼光，也努力像鲁迅先生"我解剖自己比解剖别人更加不留情"那样，自觉检视自己的灵魂，不断发现自己的言行失当和认识局限。我的小说作品往往是从自我审视、自我觉悟中及自身洗涤灵魂中萌生的。我的意识里仍有旧"蒙"新"昧"。我希望在自身不断受启蒙的同时使有些读者受到启蒙。

20世纪80年代末,我写作的重点转向短、中、长篇小说和评论、随笔,也常分心于书画,当了小小说队伍的"逃兵"。到2018年下半年又开始投入较多精力写小小说,2019—2020年新发表了十篇,被多家刊物转载,这次又获第九届小小说金麻雀奖,产生了一些效应。这离不开《小说选刊》《新华文摘》《小小说选刊》《百花园》、金麻雀网刊、《山西文学》《微型小说选刊》等刊物的支持。这说明我这个离开三十年的老兵重新归队,受到小小说大家庭的接纳和关照,感受到了小小说这个大家庭的温暖。

古 玉

风格无须追求
——文学笔谈

"风格"一词最早见于刘勰的《文心雕龙·议对》,伏尔泰、黑格尔、歌德、别林斯基等多人对其作过解释或运用于评论;近现代,我国文艺评论界用"风格"评议作品,高校的文艺基础理论著作中都有详细、全面的论述。然而,理论上阐述的概念是一回事,文艺家创作实践时和评论家评论时的理解和对待又是另一回事。不同人的不同理解和不同态度又会在艺术评论和创作实践中产生不同的效果。在我国当代不少文学艺术家心目中,"风格"两字似乎已成为一顶金光闪耀的桂冠,一批又一批文学艺术家倾倒、膜拜,并为它费尽心机、耗尽脑汁。

不过,也有人认为它有极大的危害性。著名作家陈建功于1993年就在《天津日报》发表文章,痛骂"风格这个害人精"。

陈建功对风格否定是根据当时散文创作中出现的不良

倾向作出的。他认为，因为风格的诱惑，害得"散文家们个个开始跟他们的文章较劲儿"，"就不怕较劲大了反倒矫情"，批评十分严厉。著名作家、《古船》作者张炜为一本散文集作序，也批评过当代散文有重蹈六朝文风旧辙的倾向："以词害文。"

为数不少的散文家有意识或潜意识迷恋风格，把追求它放在首位，作为追求的目标，每作文，取材、立意、抒情、谋篇布局、遣词造句都是为标新立异，于是刻意雕琢，文字便失去真实与自然，犹如女子浓妆艳抹、忸怩作态，不仅难以让人赏心悦目，还可能令人觉得既累赘，又别扭。

其实，受风格迷惑而走火入魔者又岂止散文家，无论小说、诗歌、戏剧，还是美术、书法、摄影、影视，都有许多"家"们在为风格拼命。前些年竞相追逐各种潮、流、派的，为数不少的人是视风格为金榜题名，于是或东施效颦，或挖空心思自翻一种花样，标了新，立了异，就以为有了"风格"，不管别人是否接受，只顾自我陶醉自鸣得意。实际上是钻的死胡同，是摧残艺术生命，也可以说就是"风格"害了散文创作，也害了其他门类的文艺创作。陈建功的批评是有一定道理的。

无论散文还是小说，都应是真实情感的自然流淌和人生体验的真切倾诉。真正的散文佳作应是情韵独具、浑若天成，其艺术力量如芝兰幽香，沁肺入腑，似甘露涔涔，滋心怡神，无须冥思苦索搜肠刮肚寻找华丽辞藻装点，作者当真进入境界沉入情绪，便会词随情出，句从中来，绝妙好词佳句往往会如得神助意外地流出，甚至出乎自己意料，未必华丽，却能动人心腑、启人智慧。

不过，因之便把风格骂成"害人精"，情绪稍微偏激了一点，矫枉又过正了。"风格"作为文艺理论中的一个概念，本身并不带任何有害"细菌"和"病毒"，用于评判、鉴赏作品分辨艺术特色，其合理性是经过中外文学艺术史充分证实的。那么多人痴迷地苦恋它，不是它的罪过，而是"酒不醉人人醉酒"，是那些文学艺术家患了单相思。害处是产生于对它的错误理解，及因此怀错误的动机而追求。

应当怎样理解"风格"的正确含义，应当以怎样的态度对待它？这其实是个屡经明释的老问题。鉴于许多人存在模糊或错误认识，老话似乎仍有必要简要地重温。

风格就是作品（表现）的内容和形式有机统一中显示出来的总的特色，是作家艺术家的作品或表演的特点和个性。它是外部表现，但显示着内在特质。别林斯基就在《当代英雄·莱蒙托夫的作品》中说过"思想和形式密切触汇中按下的自己个性和精神的独特性的印记"，即是文学艺术的风格。也就是说，它是作家艺术家本人思想、人格、情操、经历、个性、艺术素养、审美经验、取材习惯、表达方式等诸多方面在艺术实践中自然流露的总和。这个总和中某些方面还在流动尚未稳定，便是艺术上还不成熟，或可说风格尚未形成，这个总和趋于相对稳定了，便是基本成熟了，风格也就形成了。

不过，从严格的科学意义上讲，任何一个作家、艺术家都有为人风格，也都有艺术风格。不成熟、不稳定的为人与艺术也有不成熟、不稳定的变化的风格。有风格并不等于艺术造诣高深和艺术成就卓著。"风格"应是个中性词，本身并不带有光环，可褒可贬。由于历来研究、评论注重的对象大都是有成就、有名望的作家艺术家及其作品，往往又以风格来概括他们的艺术特色——这本身并不错，却在无形中使后来粗心的作家艺术家造成这样的错觉：风格就是杰出成就的代名词，被视为如来佛头上的光晕。于是它的词义变狭隘了，也被神化了。

风格被理解成褒义本也无大误，大误在于"风格"两字运用的规律被逆反，造成一部分人把追求它、获得它当作从事文学艺术的出发点和目的。一当作家艺术家，就做起了风格梦，如醉如痴，苦苦追求，不达目的决不罢休。

将风格作为目标追求者，有的是因为理论知识缺乏，认识模糊，未弄明白从事文学艺术工作究竟是为的什么，见别人崇拜风格，也就跟着把风格当作至尊至圣；有的则是思想贫乏，境界不高，底气不足，内在不丰厚，而又自私，怀虚荣心，追求的不是审美价值，而是舍里求表走捷径，想以耍花拳绣腿争名逐利，谋得有一点名望在文坛占一席之地，以提高自己的社会地位，获得较好的生存条件。

注重形式做表面文章的作家艺术家所找的窍门常见的有两个：一是从西方某派某流舶来，或从古人前人那里"借用"外衣，挂一面大旗帜，借一点虎威；二是不顾别人是否接受，杜撰一种生僻怪异，取一个新鲜名词，挂出一块金字招牌。

这些倾向显然与受商品经济大潮中所夹带的泥沙的沾染有关。

当前商场经济活动中存在着极不文明的经营作风，且十分顽劣、十分疯狂，总是想少劳多获或不劳而获，或是片面讲究外表、包装，或是将伪劣产品捧为名牌谋得金牌、银牌装饰欺蒙人，不惜危害顾客、危害社会，偏又能奏奇效获得大利，而一些货真价实的商品往往反受排斥冷落……这些社会现实刺激着文学艺术家的神经，使其中相当一部分人心理不平衡，或勾起金钱、物质的欲望，或求名以支撑横向比较的心态，还潜移默化使这部分人产生效法做表面文章取巧的潜意识。再从思想文化角度寻根究源，是我们民族长期形成的一大劣根性，与几千年的封建思想文化有密切关系。封建社会的等级制造成层层种种主子和奴才的关系，其组合表现在：主子的尊严、面子第一，以虚假形式维护和美化不相符的实质；奴才为生存欲而取信于主子，也惯于用虚假的形式讨好和欺蒙或者帮其掩盖所短。这在主子和奴才或亦主子亦奴才者心理上形成惯性，积成痼疾，延续至今，尚未得到根治。另外，我们民族科学不发达的历史过于漫长，人对自然不能作出正确的理解而导致对自然现象神化，产生迷信心理；怀这种心理，即使"信仰"宗教，也普遍不求真正理解教义，而将迷信心理转向神、佛的法力。这造成我们民族习惯不究其实质而迷信虚幻的表象，养成愚昧的盲目性，给虚假的形式长期存在提供了广泛的心理基础，使弄虚作假的毒株有生长的土壤。有些"作家""艺术家"像商场取巧获利者一样，不顾实质搞形式糊弄人沽名牟利，靠几个圈子里人捧场，靠一批聋子看笑的人盲目迷信，会戴上"风格"桂冠，还屡有信众。只不过是玩弄形式花招，没有丰厚的内在。其实高素质、有学养的读者（观众）不会买账，真正的行家不会认可，经不起时间的考验和历史的筛选。这种"风格"倒真如陈建功所说，是"皇帝的新衣"，终究难免落下笑柄。

古　玉

　　风格之于文学艺术家来说，是思想修养和艺术修养在艺术实践中的自然流露。我国自古就有"文如其人""字如其人"的说法；歌德也说过："总的来说，一个作家的风格是他内心生活的准确标志，所以一个人如果想写出明白的风格，他心里首先就要明白：想写出雄伟的风格，他首先要有雄伟的人格。"(《歌德谈话录》)布封的结论则更为简明："风格即人。"这些都说明艺术风格与艺术家的人格是一致的。

　　文学艺术家应当首先对读者（观众）、社会、历史负责，要创造有益于人类进步与文明的优质精神产品。艺术风格是通过作品内容和形式两方面体现出来的。内容是文学艺术家对社会生活的理解与判断，形式是将这种理解与判断以最有效果的方式传递给读者（观众）。因而形式必须服从内容表现的需要，犹如服装需服从人的身材、气质。这种服从是艺术家以其特有的思想境界和审美眼光，从最有利于读者接受、喜爱、受益为出发点作出的选择。即使表现形式，也是文学艺术家人格、境界的体现。

　　优秀的文学艺术作品既应与物质产品一样，具有作用于现实的功能，有社会价值，还应有超时空的功能，具有历史价值。文学艺术家追求的目标应是这两种价值，而不应是"风格"。这两种价值主要是靠文学艺术家在艺术之外自身的思想理论积累和人格修炼,靠境界的升华。犹如佛家、道家要成正果,功德全在于不断清醒地审视自我,不断修正和完善自我,不断净化自己的灵魂;那种为祈求菩萨保佑今世发财来世享福而烧香叩头念经的,哪辈子都成不了正果。无论关汉卿、王实甫、曹雪芹、吴敬梓,还是鲁迅、沈从文、赵树理、梅兰芳、周信芳,头脑里都绝不会有为追求风格而从文从艺的念头。然而,历史就承认了他们各自独特的风格。依稀记得,京剧表演艺术大师荀慧生先生就流派(风格的群体表现)的形成说过这样的至理名言:"不为之则有为,故为之则无为。"这道明了褒扬意义上的风格形成的科学规律,很值得至今还陷在追求风格这个魔圈里的文学艺术家们鉴之。

风格之于评论家来说,是衡量和鉴别文学艺术家个性特点的一种方法与标尺。凡是成熟了的对社会对历史做出贡献的文学艺术家,必各具艺术个性——艺术特色。评析、研究不同特色的艺术成就,使用"风格"一词无可厚非。但是应当先着重研究文学艺术家的性格、脾气、阅历、经历、知识结构和世界观、人生观。

将"风格"作为褒义,对于读者(观众)、社会、历史来说,是对文学艺术家成就的肯定与奖励,犹如奖状、勋章,也可以说确是一顶桂冠。文学艺术家造诣深厚作出了贡献，应当得到回报。以风格酬报，是从精神角度，因而风格也可以说是宝贵的、神圣的。然而，无论是战场上建立殊勋的英雄，还是其他事业成绩卓著贡献杰出者，获得奖励和荣誉都不是他们建功立业的目的和出发点。文学艺术家不应当把两者关系搞颠倒了。

其实，头脑里压根儿没有"风格"这个名词，文学艺术事业照样也会存在也会发展，这和其他事业在漫长的历史中没有勋章奖励一样，在抗日战场上的英烈，殊死战斗时绝对不是为了当英雄、得勋章。

"风格"一词既然已经发明出来，如能正确理解和正确对待，科学地用于对艺术规律的研究与总结，对文学艺术的发展、繁荣也不无锦上添花的作用。

文学艺术家从事的是精神劳动，是劳动就必须为社会创造精神财富体现价值。从事文学艺术的动机和出发点到任何历史时期都是头等重要的问题。

附：

涛声依旧
——读陆涛声小小说三题

丁临一

有缘与涛声先生相识，近水楼台，也拜读过涛声先生的许多作品。印象中，已是耄耋之年的涛声先生和许多优秀作家一样，宿命般地自发且自觉地继承着鲁迅的创作精神，关注着中国的历史和现实，以及民生与人性，与假恶丑势不两立，与真善美相依为命，以笔为枪，丹心铸魂，乐而忘忧，不知老之将至。所以，读到涛声先生的小小说新作，我的感觉是既自然，又充满期待。

涛声先生的小小说三题《古玉》《古砚》《古盘》，属于那种一目了然的作品，也属于经得住细细咀嚼的作品。出现在三部作品中的主要道具，古玉是真，古砚一真一假，而古盘是假。真假之辨便是涛声先生这样的老作家最重要的价值标准之一。换言之，真就是真，假就是假，涛声先

古 玉

生眼里揉不得沙子。对于文物收藏者来说，真假是可以而且必然用交易价值即金钱来衡量的，而对于作品主人公舒老来说，真假无法用金钱来衡量，而情感更容不得赝品的玷污。

舒老才是真正经得住细细咀嚼的作品魂魄所在。舒老年逾七旬，功成名就，衣食无忧，他手中的古玉、古砚和古盘都是来自文友的馈赠，都蕴含着一段文友间同声相应、同气相求的美好记忆。古语云：君子如玉；宝剑赠壮士，红粉送佳人。文友的馈赠自然而然地隐喻着对于受赠人道德文章的赞誉与认可。拥有它们的时候，舒老曾经为它们的交易价值惊讶过，但从来只是将它们视为身外之物，从来珍视的只是它们承载的友情分量。现在将文友的馈赠再回赠给文友，这便已经不是一般意义上的断舍离，而是一段旧情的重温，一种人生的意趣，一腔诚挚的情怀。人们常说的一句话叫作人心不古，说的是人心不如古时候淳厚了，其实后面还有一句叫作世风日下，说的是读书人风气一天天败坏。舒老一辈子读书写作，他便是要以自己的读书人行为方式与现实进行抗争，哪怕是孤军奋战式的抗争。

更加意味深长的是，舒老还礼，他还有所期待吗？有的。将价值不菲的古玉还给朋友，没有得到期待中的回应，舒老心里曾隐隐不适。将一真一假的古砚还给朋友，与朋友敞开胸襟一番议论，舒老感觉轻松了、洒脱了。而将假的古盘还给朋友，看到久病不起的朋友那般坦诚自责，舒老深受震动，将朋友写下的那两个歪歪斜斜的字视为珍宝。舒老期待的实际上是一种心灵的沟通，以及对于自我心境的认知。正所谓求仁得仁，反观自己的"隐隐不适"，他"觉得自己灵魂还有隐垢，心生惭愧"；反观自己的轻松、洒脱，他觉出自己"求真，还缺了点破茧而出的勇气"；而珍藏起朋友那两个歪歪斜斜的字，是他无比珍视那莲花般洁白晶莹的灵魂。这真是一个可爱至极的老人，灵魂中的一点"隐垢"也让他心生惭愧，子曰："德不孤，必有邻。"舒老还礼的收获又何其多也！

涛声先生的创作中不仅有大量的长中短篇小说及散文作品问世，还有笔力不俗的书法、绘画作品广为人知。他的《古玉》《古砚》《古盘》小小说三题，取材独到、人物独特、文字洗练、意蕴高古，可谓言有尽而意无穷，尽显小小说文体的魅力，以一种返璞归真的思维和笔力刻画出老一代读书人的形象，传递出一种向真向善的美好情怀，作家倾心关注的还是世道人心，涛声先生的"涛声依旧"真正令人赞叹不已。

图书在版编目（CIP）数据

古玉 / 陆涛声著 . -- 北京：中译出版社，2022.3
（第九届(2018—2020)小小说金麻雀奖获奖作家自选集）
ISBN 978-7-5001-6992-5

Ⅰ. ①古… Ⅱ. ①陆… Ⅲ. ①小小说—小说集—中国—当代 Ⅳ. ① I247.82

中国版本图书馆 CIP 数据核字（2022）第 038071 号

古玉
GUYU

作者：陆涛声
责任编辑：温晓芳 / 特邀编辑：尹全生 / 文字编辑：宋如月
封面设计：北京锋尚制版有限公司 / 内文排版：北京杰瑞腾达科技发展有限公司

出版发行：中译出版社
地　址：北京市西城区新街口外大街 28 号普天德胜大厦主楼 4 层
电　话：（010）68002926 / 邮编：100044
电子邮箱：book@ctph.com.cn / 网址：http://www.ctph.com.cn
印　刷：北京中科印刷有限公司 / 经销：新华书店

规格：880mm×1230mm　1/32
印张：9.125 / 字数：152 千字
版次：2022 年 4 月第 1 版 / 印次：2022 年 4 月第 1 次
ISBN：978-7-5001-6992-5
定价：42.80 元

版权所有　侵权必究
中 译 出 版 社